陈腾飞 著

推开 ICU 的大门

北京出版集团
北京出版社

图书在版编目（CIP）数据

推开ICU的大门 / 陈腾飞著. —北京：北京出版社，2024.5
ISBN 978-7-200-18441-9

I. ①推… II. ①陈… III. ①纪实文学—中国—当代 IV. ①I25

中国国家版本馆CIP数据核字(2024)第032284号

推开ICU的大门
TUIKAI ICU DE DAMEN
陈腾飞 著
*
北京出版集团
北京出版社　出版
（北京北三环中路6号）
邮政编码：100120

网　址：www.bph.com.cn
北京出版集团总发行
新 华 书 店 经 销
北京华联印刷有限公司印刷
*
889毫米×1194毫米　32开本　7.25印张　151千字
2024年5月第1版　2024年5月第1次印刷
ISBN 978-7-200-18441-9
定价：59.00元
如有印装质量问题，由本社负责调换
质量监督电话：010-58572393

目录

01 医学生迷恋上了ICU

选择从医　2

神秘的呼救声　5

中医能治疗重病吗　7

一次难忘的假期ICU观摩实践　9

开学后的反思　17

试着寻找ICU的感觉　21

从零开始，学做一名ICU医生　28

02 当致命的疾病突然来袭

破裂的腹主动脉瘤　38

没有突然出现的疾病　44

转院，陷入混乱的家庭　55

手术前的谈话　63

麻醉的遐想　67

气管插管　70

手术台上　75

03 我和患者在 ICU 相遇

ICU，让家属毛骨悚然的地方　82
签不完的知情同意书　87
高大上的监护治疗　94
病人还没有尿，医生还不能睡　98
尝试拔管失败　101
死亡悄悄地走来　109
持续胸外按压　113
电击除颤的蜂鸣　117

04 改写生与死的界限

人财两空——救，还是不救？　124
ECMO"战车"推到了床旁　130
多学科会诊——生命面前没有标准答案　137
把每一个医疗细节做到极致　145
等待奇迹　152
第一次探视　155
在丛生的矛盾中找寻微妙的平衡　157
一缕曙光——病人出现了脉搏　164

05 生命闯关的路上，我陪你一起

能把机器撤掉，才是本事　168
心跳突然飙到了 150 次/分钟　173

第二次进入手术室　176

术后心包填塞——死神再次走近　180

大夫，病人不吃饭怎么行　186

杀不完的病菌　200

拔管后，我想听你骂一句脏话　209

病人疯了　214

再见了，ICU　218

前　言

20世纪初，一场脊髓灰质炎的流行，"铁肺"（最古老的呼吸机）被世人知晓，ICU（Intensive Care Unit，重症监护室）开始萌芽。战争、瘟疫、突发的群死群伤事件，都在刺激着ICU快速发展，而发展基础是科学技术的突飞猛进。

当"铁肺"演变成智能的呼吸机，当肾衰竭无尿的病人，有了持续的肾脏替代仪器，当病人的脉搏、呼吸、血氧可以借由连在皮肤上的仪器转化为持续的数字，展示在监护仪的屏幕之上，现代意义上的ICU才正式确立。

大的手术创伤之后，病人需要加强监测、看护和医疗，所以一度曾由麻醉科或外科管理术后的重症病人；急诊收治的危及生命的病人，同样需要持续监测、强力地抢救，隶属于急诊的重症病房也变得越来越全面、发达……这些均是现代ICU的前身。随着学科的发展，ICU又根据学科的差异分支出了种类繁多的分科，如以治疗外科术后危重病人为主的SICU、内科危重病人为主的MICU、儿童危重病人为主的PICU、神经科危重病人为主的 NICU 等。

从中国第一家 ICU 建立算来，ICU 在中国已经有四十多年的历史了，但是也只在近几年，随着影视作品和自媒体的普及，公众对于 ICU 才有了初步的认识。2018 年初，北京地区流感暴发，一篇催人泪下的纪实文章《流感下的北京中年》迅速刷遍了微信朋友圈，使大众对于 ICU 病人家属的辛酸无助、ICU 的巨额花费、ICU 的救命设备，有了生动的认识。此后，新冠肺炎疫情持续了 3 年，白肺、呼吸机、ECMO、ICU 医生、重症抢救的新闻接连不断地出现在公众的视野，ICU 又似乎变得家喻户晓。

我常常在想，如何写出一部好的科普书，将 ICU 领域那么多复杂的生命支持设备、多样的有创操作技术、新颖的重症救治理念深入浅出地讲解给非 ICU 领域的人士。这部科普书所针对的人群，可以是 ICU 专业以外的医护人员，可以是尚未步入工作岗位的医学生，也可以是医学爱好者，但最主要的，应该是广大的患者家属群体。

对于那些没有多少医疗基础知识的普通人来说，当他们作为家属徘徊在紧闭着的 ICU 大门之外时，对于疾病和救治手段毫无所知的恐惧，笼罩在他们的心头；在探视的瞬间，面对浑身插满管子、毫无知觉的亲人，对于他们的心灵产生了极大的恶性刺激。而当患者的意识渐渐恢复，用自己略带谵妄性质的语言，向家属控诉 ICU 里的"罪恶"时，他们不由得会产生一种误判。他们觉得，与其这样承受"虐待"般的治疗，痛苦地苟延残喘，不如放弃一切，让病人体面地离开。于是，有的人在不该拒绝的时候，拒绝了生还的希望；在不该放弃的时候，扼杀了生命的奇迹。

然而，这只是患者家属群体心理中的一部分，我们更多时候面对的是，人们对于医疗过高的期待、过度的苛求。在面对疾病时，有的人误将医疗当作了等价的交易，以为高昂的费用必须得换回健康如初的身体。但生命是无价的，人的生命只有一次，若不知珍爱地挥霍了几十年，身体积累的病痛很难再彻底地消除，无论付出多么大的代价，接受多么高级的治疗，都不可能恢复到未病时的状态。例如，脏器是维持人体生命活动最重要的部分，一些功能衰竭的器官可以通过医疗重新更换。现如今肾脏移植技术已经非常成功了，肝脏移植的技术也在不断普及，心肺移植紧随其后，连大脑的移植也开始被报道。我们看到了移植之后生存者的数据，活下来的的确不在少数，但是否关注过他们的生存质量呢？

在我看来，医疗所能提供的不过是一些外在的帮助，能真正通过医疗获益的人群，是在亲身经历过病痛之后，或在目睹了身边的人经受了病痛之后，学会了珍爱健康和敬畏生命的群体。一位在一百多年前去世的美国医生的墓志铭上，写着"有时是治愈，常常是帮助，总是去安慰"。他的墓志铭被医生们在各个场合不断地引用，这不是医生群体的一种矫情，而是医生对于医疗行业无能本质的勇敢揭露，面对生命，医生能做的确实太有限了！

我一直等待着一个时机，将以上理想的说教文字，不着痕迹地融入一个故事之中，使阅读者在被情节吸引的同时，能被故事背后的微言大义潜移默化地影响，从而学会客观地看待医疗，学会将生命健康寄托在每日的三餐和刹那的悲喜之上（佛说在一刹那会有无数个念头起灭，所以对于人体产生巨大消耗的，首先是无时不在的情绪，其次才是饮食和其他）。

终于，我等到了这个机会。在2017年的初春，一场不期而至的春雪，给干枯的北京城带来了润泽，我也在此时，开始了人生中一段重要的生活经历——来到中国人民解放军总医院的ICU进修学习。在这里，我迎来了人生的第二次青春岁月，我在日复一日的临床工作中，不知疲倦地学习着新的技能，认识着不曾谋面的疾病，思考着生命和医疗的意义。

在进修生活过去一半的时候，书中的主人公许爷爷（化名）来到了我们的ICU，疾病使他变得不幸。老先生腹主动脉瘤先兆破裂，引发了一系列的生命危机，但经过所有人的不懈努力，许爷爷活着离开了ICU。

在许爷爷与死神的殊死搏斗中，ICU的种种救命绝技一一亮相，毫无保留地呈现在世人眼前。在医者仁心的驱使下，呼吸机，血滤（CRRT），体外膜肺（ECMO），主动脉内球囊反搏（IABP）等ICU冰冷的仪器化作了温暖的生命守护使者，驱赶了死神的黑暗笼罩，迎来生命的涅槃。在许爷爷的余生之中，他恐怕已经没有体力再去饱览祖国的大好河山，但这次ICU的生命之旅，却会使他在人生的暮年，渐识生命的真谛。

我作为许爷爷救治的参与者、学习者，在工作余暇，将许爷爷的医疗事迹一点一滴地叙述了出来，写成了眼前的这部著作，其中也穿插着我对于中医、西医、人文、生命等的感悟。

这部著作基本呈现了 ICU 的日常，对于重症治疗的重要理念、常用的生命支持技术和有创操作，也尽可能地涵盖了进去。希望这部书对于大众了解 ICU 有所帮助，对于曾经经历过 ICU 的患者家属的不美好体验起到疗愈作用，对于不幸要经历 ICU 的患者家属能缓解一些恐惧和焦虑，使他们做出更合理的救治决策。

从我参与救治许爷爷算起，时间一晃就过了七年，经历了三年疫情的洗礼，对于生命无常，我们每个人都有了更加切身的体会。"但愿世间人无病，何愁架上药生尘。"祝愿我们和我们的亲人都健康地活着，终其一生不必踏进 ICU 的大门！

2024 年 1 月 27 日

01

医学生迷恋上了ICU

学不贯今古，识不通天人，才不近仙，心不近佛者，宁耕田织布取衣食耳，断不可作医以误世！医，故神圣之业，非后世读书未成，生计未就，择术而居之具也。是必慧有夙因，念有专习，穷致天人之理，精思竭虑于古今之书，而后可言医。

——明·裴一中《言医·序言》

选择从医

医乃神圣之业

选择从医，于我而言是向往已久。高考的志愿我总共填了 8 个院校，清一色全是医学。我曾从各个高校发送的招生宣传中看到过一段文字：

学不贯今古，识不通天人，才不近仙，心不近佛者，宁耕田织布取衣食耳，断不可作医以误世！医，故神圣之业，非后世读书未成，生计未就，择术而居之具也。是必慧有夙因，念有专习，穷致天人之理，精思竭虑于古今之书，而后可言医。

写下这段文字的赵声伯是一名普通的医生，他是读到明末医家裴一中所著《言医》时有感而发写下的这段文字，被作为《言医》重版时的序言。这段贯通古今、天人的古文，我第一眼看到便忍不住背了下来，用毛笔抄写了一遍又一遍，医学之神圣从此烙在了我的灵魂之上。这种神圣感陪伴着我开始跟跄地踏上学医之路，最终成为一名 ICU 医生。

我第一次看到 ICU，是在北京中医药大学读三年级的时候，那时我 20 岁，第一次进入医院临床见习。当时从来没有想过，有一天我竟然会成为一名 ICU 医生。

金针在手，划经点穴

我本科是针灸学院针灸五年制专业的学生，我们的课程设置里有"临床见习"。大学三年级第二学期的课程，提早两个月就结束了。在这紧张的半个多学期里，我们学了一门重要的专业课程——《刺法灸法学》。这门课程和前一门《经络腧穴学》一样，也是半节课在教室，半节课在实训室。只不过在学习《经络腧穴学》时，实训室那节课涉及脱衣服，需要男女分开两室教学。学生们两人一组自愿组合，脱去了衣服相互"划经点穴"，划完之后请老师逐穴点评通过，才能下课。"划经点穴"是承淡安先生发明的教学方法，即在体表点出每一个穴位的位置，并将所有的穴位，按照这一条经脉的循行路线连成一条"墨线"。在实训室的《刺法灸法学》，则需要几个自告奋勇的"模特"，让老师在身上示范进针、行针即可。

进针，在外人眼里不过就是把针"戳进"皮肤而已；行针，在外人眼里不过是把针"转转"而已。但在《刺法灸法学》教材中，却有许多种专门的技术，比如行针手法，原本是作为"行业秘密"，通过口传身授的方式流传，名字也都取得很响亮，如"苍龟探穴""白虎摇头""赤凤迎源""青龙摆尾"等。而我们的临床见习，就是去医院里看看，现在的中医和针灸医生，是如何用我们书本上教的"十问歌"问诊、"切脉法"诊脉，如何把一根根细如毫发的不锈钢针刺入患者身体中的。

实习路上

在学校上课的时候，我的活动范围很小，离学校稍微远点的地方都没怎么去过，对于北京并不熟悉，对于北京的医院更是极其陌生。从见习开始，再到后来日复一日的实习，我开始时常穿梭于北京的马路上和胡同里，这才开始认真地触摸我们所在的北京。

当时可以供我们选择的见习医院有三家，分别是卫生部的医院、北京市的针灸医院和怀柔的一家医院。学长们对于医院的好坏评价各不相同，有的说怀柔很好，可以住在医院天天看病人，且郊区的人纯朴，老师可以给学生更多的上手机会；有人说大医院好，老师水平高才更敢放手。去哪里学习我们并没有决定权，是通过抽签决定的，这是最公平而无争议的办法。

我抽中了卫生部的医院。见习正值隆冬，我们天不亮就出了西门，坐上604路公交车，一路南下，到了拥堵的小街桥右转，当我们在黎明微光中看到雍和宫的红墙绿瓦时，车辆再次转弯，经雍和宫大街、段祺瑞执政府，一直南下经过了协和医院，就离目的地不远了。

神秘的呼救声

我所见习的针灸科对面，也有一个科室，它的大门总是紧紧关闭着，被一种神秘感所笼罩，门上有三个大写的字母"ICU"，下面有一行小的英文字母"Intensive Care Unit"，配的汉字是"重症监护室"。这个科室真厉害，竟然有中英文两种名字！自从我意识到它的存在，每次路过它的门口，总想脑补一下里面的场景。但对于我这个从来没有进入过 ICU 的人，任凭我有多么丰富的想象力，也难以在脑海里勾勒出里面真实的场景。带教我的针灸老师当时负责医院的针灸会诊，我常跟他穿过拥挤的人群，大步流星地走在曲曲折折的楼道里，到达一个又一个病区，看病人、针刺、起针。

有一天，老师接到了一个对面科室的会诊，我如以往一样提着出诊盒跟老师前往，想着终于可以进到 ICU 里面一探究竟，不禁心里窃喜。但走到了门口，老师告诉我重症监护室不允许带学生进去，我只能轻轻地"哦"了一声，余音里回荡着遗憾。只见老师取来一双透明的塑料袋子套在了鞋上，按了门铃，门弹开了，我将装着针具的盒子递给了他，他走进去，门又关上了。从此，我竟然对 ICU 产生了莫名的敬畏。

见习的生活依旧。每当中午时分，我们会在针灸科的会议室休憩片刻。会议室尽头的墙上有扇窗户，窗户的左手侧，正对着 ICU 病房的一排窗户。一天中午，趴在桌子上隐约要入梦的我们，听到一个呼救的声音，越来越清晰："救命啊……有没有人……快来救救我啊……"低沉而虚弱的喊声，回环往复，缕缕不绝。怀着救死扶伤热情而又年少无知的我们，终于按捺不住，试图寻找声音的来源，最终确认这声音来自ICU。我们匆忙地报告给了一位路过会议室的带教老师，老师很淡定地说："ICU里随时都有医生和护士，开放式的床位，不可能有危险情况而不被发觉，你们就甭瞎操心了！"（作者按：现在回想当时的情况，患者应该是属于ICU常见的谵妄状态，病情较轻。）

"什么？开放式的？难道病房不是一间一间的吗？"我尝试在脑海里勾勒ICU的模样，但想来想去也想不出个所以然来，便就此作罢。

重症监护室（Intensive Care Unit，ICU），也称为重症医学科（Critical Care Medicine，CCM）

中医能治疗重病吗

医院的见习结束之后，我们又恢复了往日的课堂教学生活，ICU 的事情也没有再想起过。

我在学习中医时，一些问题一直困扰着我，最重要的就是"中医何去何从"的问题。按理说对于中医我只是个"小学生"，中医事业的问题并轮不到我来考虑。我的这种庸人自扰和杞人忧天有其时代背景，在 2007 年入大学时，网络上"取消中医"的签名活动正在如火如荼地开展，这次活动给中医带来了很大的危机感。我在完成课业之余，在图书馆查阅大量的史料，非常想搞清楚中西医之间的问题，经过了一年多的阅读思考，大概搞懂了，中医要想继续生存，就必须始终保持卓越的临床疗效。我开始尝试窥探中医疗效的边界。

在翻阅图书时偶然被一则 1965 年的医案吸引，医案的题目叫《程门雪等会诊中风重症案》。"中医来得慢，西医来得快"已经成了社会共识，我很好奇这则重症病案，中医是如何治疗的：

这是一个典型的危重症患者，他因脑出血而深度昏迷，合并了应激性溃疡和消化道出血，在上海一家顶级的西医院接受最正规的治疗。那时候西医对于脑出血的治疗手段还非常有限，连诊断都是靠临床手段，没有今天这些如 CT、核磁等检查。由于病变实在太严重了，患者生死未卜，基于以往的治疗经验来看患者的预后很差。

这位患者的身份非常特殊，他本人就是上海的一名中医师，名字叫夏理彬。他的父亲是民国年间上海最有名的中医夏应堂。近代中医教育开创者丁甘仁通过与夏应堂合作，在上海市南区开设了中医专门学校的第一家附属中医医院。新中国成立前后中国水平最高的中医群体里，有三分之一都受过丁甘仁的培养。夏理彬学医时拜丁甘仁的学生程门雪为师，程门雪担任了新中国成立后上海中医学院的第一任院长。

因为患者的这种特殊身份，在发病之后即接受了最强有力的中医治疗，患者的老师程门雪亲自主持会诊，有9位著名中医临床专家参与了救治，他们分别是：程门雪（夏理彬的老师）、陆瘦燕、黄文东、张镜人、夏仲芳、巢雨春、黄羡明、叶朗清、何时希（本则医案的记录者）。患者最终被治愈，并又从事了多年临床诊疗工作。

我和兴趣相近的同学们相约，一起细细研读了这则医案，原案是"会诊记录"发言形式的医案，我将之按照现代的中医医案格式，详细地归纳了一遍。通过对这则医案的深入学习，我第一次见识到了中医救治危重症的疗效，也初步掌握了中医治疗危重症的开闭、固脱等重大原则。

这个病人放在现代，早就送进ICU病房了，可见ICU的病人，中医也能治疗。

一次难忘的假期 ICU 观摩实践

破败的监护室

学完这则医案正值寒假，我离京返乡之后并未立即回家，而是暂住在舍友家里，设法拜访当地名中医。其中，一位名医传人在市中心医院从事临床和管理工作，舍友联系到了市中心医院一位熟识的西医消化科主任，希望能经他介绍我们前往拜访。

这位主任约我们第二天早上 7 点前在医院的 ICU 门口见。

又是 ICU 的门口，如果这次能进去看看就好了，我在心里盘算着。

我们会面时，主任正在跟患者家属谈话，谈话的内容大概是能用的办法都用上了，病人仍然没有起色，恐怕坚持不了几天了。家属非常理解医生的处境，他们情绪稳定而乐观，希望医生能再尝试所有的方法全力救治，家属一定全力配合，费用也不是问题。简短的谈话结束，主任果然带着我们进了 ICU，他要带我们看的患者正是这位家属的母亲。

跟在主任身后，我激动不已。主任按下门铃，听见"嘀"的一声之后，把门推开。一眼就望见了 5 张病床，床头的监护仪和床旁的大氧气钢瓶，似乎宣示着这是不同于普通病房的地方,除了这两样物件,我没有观察到其他任何一丝异样。主任仿佛读懂了我的困惑,连忙解释道:"这是老的监护室,条件很简陋,咱们先看看病人,后面有机会介绍你们看看我们新院区的 ICU,绝对震撼!"听完主任的话,我的眼中又闪现了光芒。

你来开个方子吧

老人家的治疗已经陷入窘境。主任带我们一起看了病人,这位患者的病情我当初在日记中进行了记录,那会儿的医学知识储备非常匮乏,只能描述出疾病发展和治疗的大概轮廓:

某某,女,75 岁。初诊为骨折,在家卧床休养,躺了一段时间后,患者出现肢体不能活动,不能排便,进食明显减少现象,导致患者本人求生欲望下降,自觉将死。考虑到胃肠有问题,医生便安排患者住到了消化科。经过常规检查治疗后,患者精神和食欲有所恢复。腊月初八那天,患者进食了很多腊八粥,从此以后便不再进食,很像我们中医所说的"除中"。

患者越来越衰弱,意识障碍,消化科将患者转入 ICU 救治。这位主任每天都来看病人,他看患者不能进食,不能排便,小便靠导尿,西医除了维持生命体征之外,也没有更好的促进机体恢复的方法,他想到了中药灌肠,使用了大承气汤。灌肠之后大便即通,随即出现了"四逆"症状,即四肢厥冷,脉搏沉细。主任说,在西医看来是循环血量不足导致的,立即补液,根据检验指标,缺啥补啥,很快便肢温脉回了。但是,经过这么一折腾，主任也不敢灌肠了。

我们第一次见到这么危重的病人，看得非常仔细。撑开眼皮看瞳孔，捻开嘴唇看舌象，摸了左手的脉又摸右手的、脚上的趺阳脉（足背动脉）、太溪脉（足踝动脉）。作为中医学生，以有限的学识和狭窄的眼光，我们所看到的患者的症状和体征是这样的：

病人刻下喘息抬肩，瞳孔散大，右侧明显，舌淡嫩，苔脱落，仅在舌尖有像残余的饭渣的黄干苔。右脉数，寸关不足，尺明显，按取稍减。左脉散乱无定，至数大小皆不明。血压稳定、体温稳定、心电监护心率在110次/分钟左右徘徊，稍微一动则心率马上加快。

除了给我们提供见习带教之外，主任也想和我们谈谈，中医是否还有什么可用的方法。这是我们始料未及的。

主任风趣地说："看完了，我得考考你们，不能让你们白看，得从你们这儿套点东西出来。"

"在中医看来应是什么证，应该如何治？"主任接着问了我们。

"属于正气虚脱证，应益气固脱。"

"那你们现在能拟定一个方子吗？"

"可以！"

我在学医的时候总是满腔热血，天天想着给人开方治病，但很少遇到能真的照方抓药吃的人，大家只是体验一下号脉，闹着玩而已。原本是治病救命的手艺，却总被拿来"亵玩"。在我看来，主任也不能例外。于是，提笔写下第一味药，是古代急救时非常常用，而现在几乎买不到的药——野山参。

怕担风险就不能当好医生

写完处方后，我们跟随主任回到消化科办公室进行晨交班，路上主任一直在和我们谈一些中医的问题。他读过李可的书，知道需要用大量的温阳药、毒性药救治危重症。李可是享誉三晋的名医，2013 年去世，早年开出的中药处方需要公安局长签字药房才敢给药，正是凭着这样一股韧劲，用中医中药救活了灵石小山城里大量的垂危病人。而在李可最辉煌的年代，ICU 连影子还都没有呢，因此后来也有人把李可誉为"中医 ICU 第一人"。主任反复说处方里的药都很平和，教导我们说："当医生就是要担风险的，怕担风险就不能当好医生！"我们对于不用"大热之性的药物"进行了解释：

救急时附子可以用大量，但是脱证有阳虚的脱证，表现为四肢厥冷脉沉细，需要用四逆汤加大附子量，同时也有气阴不足的脱证。像这位老太太，脉跳得很快，也相对比较有力，所以有了生脉饮加山萸肉、山药收敛固脱……

交班结束后，办公室剩下了我们 3 个人。他请来了 ICU 患者的家属，我们对坐谈话。这是来真的了。主任和家属有一番沟通：

"现在老太太的病情已经这样了，能用的方法已经都用了。中医还没有试。请外面的中医或者本院的中医会诊，也不见得敢放手处理，大家还是会顾虑承担风险。我这找来俩中医的学生，商量了一个方案。"

这一番话所勾勒出的中医救治危重症的现状,至今仍然存在。

家属当时毫不犹豫就同意服药,这有点出乎我的意料,刚才还以为主任让我们开方只是探讨一下,没想到要来真的了。我立即把"野山参30克"改为药店能买到的"生晒参100克",详细嘱咐了煎服方法。患者服药一剂便见效,我们将原方剂量翻倍再进,她竟然顺利出院回家过年了。

第一次走进真正的ICU

主任没有食言。谈话结束后,写完处方,主任拨通了ICU主任的电话,隆重地推介了我们两位来自北京的"高才生"。

到新的院区,需要跨越整个城区,跑到郊外。对于这个郊外,我实在太熟悉了,培养我三年的母校便在此地,我常常记起在课堂上,走神的间隙,望着窗外延绵的中条山脉,遐想着山里是否住着神仙。新院区的地理位置,就与我们的学校南北相望,只是经过三年多的建设,彼此之间已经隔满了密密麻麻的楼房。

到了ICU,一位年轻的医生接待了我们,他刚上班两年,对于职业的热爱溢于言表,观摩之前,先给我们口头普及了一下正在飞速发展的、了不起的重症医学。

突然,一位危重病人转了进来,我们的交流被打断。病人瘦弱的肌腠之下,肋条清晰可见,晦暗的面孔由黄色和绿色杂糅而成，表情痛苦，呆滞的眼神从黄染的眼珠中缓缓流出。

这位年轻的医生带领着护士们井然有序地把病人从转运床上挪动到ICU病床上，在干活的间隙，他仍不忘给我们讲述着病人的情况："进食障碍一月，黄疸原因不明，在消化科住院半个月没有诊断清楚，现在越来越衰弱，就转来了。我们得给他开放深静脉通路，给营养支持，输上营养液，先让病人活着。"我似懂非懂地听着，而更多的心思则在琢磨着这一眼望不到边的开阔病房里，到底上演着哪些生死离别的故事。

年轻医生穿好无菌衣，戴上无菌手套，站在病人右肩的位置，给病人消毒，铺上手术单，开始了深静脉穿刺，他还不忘安抚我们："你们稍等一会，这个很快就完，穿完了我就带你们逛逛病房。"

第一针刺入，回抽没有静脉血，第二针，仍然没有，第三针、第四针……

阳光而热情的年轻医生，被一种逐渐浓郁的焦虑急躁所笼罩。病人在固定姿势之下，开始难以坚持，发出痛苦的呻吟。护士鼓励着病人："别动啊，再坚持一下就好！"

这真是太残忍了！我对ICU一切未知的美好想象，正在被一点点冲散。我开始同情病人的痛苦无助，开始重新在心里描画眼前这位医生的原本阳光、热情、专业、敬业的形象。

年轻医生开始寻找他的上级，而电话联系未果，使他变得更加焦躁……

最终他换了穿刺部位，在记不清楚穿刺了多少针之后，终于成功了。他脱去穿刺时的装备，阳光的形象再次回归，又热情地带我们逛了起来。

时隔多年之后,我做了 ICU 医生,想起这一段心理活动,总是对这位医生充满了歉意。深静脉置管不顺利,无论多么高明的医生都会遇到,而我彼时的恻隐近乎于无用的妇人之仁;因为病人生命的延续,远比这短暂微小的痛苦重要。不过,床旁超声的普及,使得穿刺场面再也不会变得如此"狼狈"。

新院区的 ICU 是按照当时最新式的 ICU 设计,空间开阔,既有开放式的床位,也有单间病房。这位年轻的医生给我们一一介绍设备:这是 ICU 的"生命之柱",每个床头都有,所有的监护和抢救设备都可以摆放在上面;这个是呼吸机、这个是输液泵、这个是除颤仪……

对于 ICU 的环境和设备,我除了觉得先进、高大上之外,没有别的感触,对于住在这里的病人我更加感兴趣。

医生带我们走到一位多发脑梗昏迷的患者跟前,让我们试着从中医角度诊察。"生命之柱"上的监护仪显示着病人的生命体征,还算稳定,血压略偏高,心率稍微快点。诊其脉时曾触及尺肤厥冷,脉沉弱,略数,脉形并不清晰,左右脉都是如此。趺阳、太溪也都有脉,上肢厥冷已过肘,下肢还未过膝。病人不能进饮食,大便须用通便灵(一种温阳养血润下之药)和开塞露,小便导尿。面色不红,瞳孔有散大,脉证合参,当是中医阳衰四逆之证。医生问我们,中医可用何药?我们想四逆汤肯定是吃不上了,没有地方去弄药,便建议了生脉和参附的针剂。这两种药是中医的急救前辈们用几十年时间研发出的中药注射液,让抢救中的中药使用变得与时俱进。

从提出中医方案建议,到真正能给病人用上药,还需要信任的建立。这位医生同我们交流了这两种中药制剂的使用剂量,是否有肝肾毒性等问题,我们建议他从医嘱系统调阅说明书。一边交流,一边也要试试我们的功底。他说他平时也有些毛病,说着便伸出了右手。

诊其脉轻取则弦大,重按则寸关皆弱,尺脉较明显;左脉则弦像较明显,其余大体同右侧。再观其舌质红,舌体稍瘦,苔腻,均匀地覆盖了舌体。言其症状当有气短乏力、纳食不好,尤不能食油腻,大便头干后黏,几日方得一行,小便黄,夜眠手足易觉热而伸出被外,睡眠一般。

果然无一不准。医生问我们可以吃什么药,我们推荐了两种中成药。

这位医生还同我们聊了很多中西医学的话题,问我们学习中医应该看哪些书比较好,尤其与ICU相关的,我向他推荐了中医四大经典。我们继续观察了一些病人,留下了深刻的印象:

一位脑出血患者,发病之时即有小便失禁,诊其脉不弦。若从西医讲可能是出血压迫中枢导致喷射状呕吐和二便失禁,但从中医来讲是脱证之明显表现。

一位脑梗患者,反而表现热象明显。

一位外伤后肠道水肿患者,导致腹压升高,肠子肿得像刚刚灌满的腊肠。中医或许可以用活血利水之法。

一个很小的男孩,体长尚不及我的胳膊,躺在那儿,盖着有彩色图案的小被子。小孩时时会哭,护士们则帮之不停地摇着小床。护士还亲切地给小宝宝换纸尿裤。很是温馨感人。

开学后的反思

危重病人，更好找准治疗方向

2010年初的寒假如期结束，我返回北京上学。这次简短的ICU见习经历，给我留下了深刻的印象。我把治好那个重症病人的事迹，时时拿出来向同学们广为宣讲，以吹嘘自己"医术的神妙"（作者按：这只是句玩笑话！真实的情况是，这个经历引起了我的深刻反思）。我常常会想起治病的过程，不禁自问，我们只是刚刚完成中医基础课程学习的学生，但在看ICU这些病人的时候，好像很容易就抓住了治疗的关键点，如果是一个普通门诊的病人，以很简单的病来就诊，比如胃痛或咳嗽，我能很快地抓住治疗的重点吗？显然不会。我可能要费很大的工夫，详细地诊察，还要问患者很多很多问题，然后才能开出一张方子，而且所拟方药也不见得立即就能见效。

从常理来讲，复杂危重病与简单的病相比，前者的救治需要更广博的医学知识，且治疗难度更大，为什么在中医这儿似乎相反呢？对照着这个问题，我思考了很长一段时间，暂时给自己的答案是：生命垂危的病人，阴阳气血的偏差非常巨大，很容易就能把握住主要矛盾。

中医书里的危重症论述

再回想我所读过的那些中医书籍,讲危及生命的急性病和危重病,占据了很多内容。如中医重要的经典著作《黄帝内经》,有很多篇章都论述了急性病和危重症,《黄帝内经·素问·生气通天论》说:

阳气者,大怒则形气绝,而血菀于上,使人薄厥。

这句话虽是汉代以前的文字,但是学过一些西医学中高血压、脑出血相关知识的人,不借助训诂释义便能读懂。这句话正是在描述一个因为暴怒,导致血压迅速升高,进而昏倒在地的过程。

又如《黄帝内经·素问·平人气象论》说:

人一呼脉再动,一吸脉亦再动,呼吸定息,脉五动,闰以太息,命曰平人……人一呼脉一动,一吸脉一动,曰少气。人一吸脉三动而躁,尺热曰病温……人一呼脉四动以上曰死,脉绝不至曰死,乍疏乍数曰死。

借用一点西医《生理学》的知识,很容易发现这段经文在危重症判断中的价值。这是在没有像今天的时钟这样比较精密的计时设备的时代,通过以正常人的一次呼吸的时间为单位,计算脉搏的跳动次数。正常人一分钟呼吸 12~18 次,取中间数为 15 次,那么一次呼吸所用时间为 4 秒;正常成年人在安静状态下,心率为每分钟 60~100 次,平均 75 次,那么每 4 秒脉搏为 5 次。即一次完整的呼吸，脉搏跳动 5 次。"人一呼脉再动，一吸脉亦再动，呼吸定息，脉五动"翻译成白话即：人呼气的过程脉搏跳动 2 次，吸气的过程脉搏跳动 2 次，加上中间的暂停，大约一次呼吸脉搏跳动 5 次为正常。可见，在汉代以前的中国医生们就发现了呼吸和心率的比率，而且发明了以一次呼吸的时间为计量单位，以判断病人脉搏频率的变化，从而识别危重症。

成书于东汉末年的《伤寒论》和成书于清代嘉庆年间的《温病条辨》，作为纯粹的中医临床著作，涉及的急症和危重症内容更多，这两本书至今仍是中医科班学生必须学习甚至全文背诵的。仅《伤寒论》一书中，398 条病症，判断为"死证"的就占据了 21 条，危重症的比例更高。《伤寒论》和《温病条辨》两书所提到的急用四逆汤温阳、急用生脉饮益气养阴固脱、系列的救逆方，均是在抢救危重病人。我们每天所学的中医理论知识，正是来自这些临床危重症救治经验的凝练提升啊！以我们所学的第一门中医课程——《中医基础理论》为例，这本教材排在第一位的理论即"阴阳理论"，由"阴阳"而延伸出的病机有"阴阳格拒"和"阴阳亡失"，这两种病机，不就是对于危重症病机的高度概括吗？教材中说：

亡阳病证，临床表现多见大汗淋漓、汗稀而凉、肌肤手足逆冷、精神疲惫、神情淡漠，甚则昏迷、脉微欲绝等症。

亡阴病变亦属疾病的危重证候，临床表现多见汗出不止、汗热而黏、手足温、喘渴烦躁，或昏迷谵妄、身体干瘪、皮肤皱褶、目眶深陷、脉疾躁无力等症。

当时在学习《中医基础理论》知识时，只是通过背诵牢牢地记住了，从来没有考虑过这些阴阳理论知识，对于治病救人能起到什么指导作用，更没有考虑过教材所说的"亡阳""亡阴"病症，临床中是否会出现。经过这次 ICU 的观摩学习，我恍然发现，正是这些中医最基本的理论知识，让我能迅速地对于危重病人抓住治疗的关键矛盾。教材所说的这些病症表现，在这个年代，也只有在 ICU 的病人身上才能典型地呈现出来。

试着寻找 ICU 的感觉

我除了从中医角度思考这个问题，也开始在阅读中涉猎 ICU 相关的资料。

ICU 的全拼是"Intensive Care Unit"。Intensive 的意思是加强，Care 是护理，Unit 是单元。连起来读就是加强护理单元，通俗称谓——重症监护室。ICU 这个学科的形成经历了几十年的历史。它在创立之初，筚路蓝缕，举步维艰。起初大家纷纷质疑它存在的合理性，"你到底属于哪一个学科？"它曾经在很多医院很长时间，隶属于麻醉科，作为高阶版的术后恢复室使用，它也会隶属于外科，完成手术而又未脱离危险的病人，放在这儿，由手术医生继续管理。但随着发展，大家开始形成一些共识，ICU 收治的病人是以危重程度来分的，而并不取决于是心脏疾病、呼吸疾病，还是车祸伤等骨科外科病。将 ICU 作为一个独立的科室、独立的学科的呼声也就越来越高了。

ICU的整体观念

重症医学专家刘大为教授在1998年发表了一篇题目为《危重症医学与ICU》的文章，他在文中说：

> 今天，无论是综合性还是专科性的ICU，基本功能都是相同的——治疗和研究危重病。在这种情况下，已经不能简单地说成"外科病人"发生了"内科问题"或是"内科疾病"合并了"外科情况"。病人之所以被收入ICU，是因危重病已经成为疾病的主要方面，原发病或原专科所治疗的疾病已经转变成为危重病的原因。这时，在治疗上应该强调器官与器官之间的关系。病人是整体，疾病也是整体，所以，治疗也应该具有整体性。

> 就如同MODS是一个综合征，而不是多个独立器官功能损害的简单叠加一样，治疗也不能是对每个器官进行治疗的总和。

读到这些文字，我突然有一种很熟悉的感觉。这个说的不就是中医学的"整体观"吗？我学习的《中医基础理论》，开篇就强调了中医学的两大特点：整体观和辨证论治。教材的绪论说：

> 中医学是把人体以及人与自然界看作一个不可分割的有机整体，并充分运用分析、综合、联系、类比的方法，从宏观的角度来研究人体动态的内在联系和内外环境的相互联系规

律，从而阐明人体生命活动规律的一门具有完整理论体系的自然科学。

住在ICU的病人，已经不在乎他诊断出的是什么病了，而是要先维持住他的生命啊！医生所追求的不再是疾病的明确诊断，而是要设法将眼前这个"病人"的生命给保留下来。这正是中医学的"整体观"！

ICU的辨证论治

"辨证论治"是中医最响亮的名号，业外人士也耳熟能详。对于辨证论治的形象解释，最早源自《三国志·魏志·华佗传》：衙门里的两位官差倪寻和李延，同时得了发烧头痛的病，吃了药没有好，便相约去请华佗诊治。华佗给倪寻开了泻下清热的药物，而给李延开了温热发汗的药物。俩人疑惑地问华佗，华佗解释说你们俩的症状虽然一样，但导致这些相同症状的内在机理却不同，所以要用不同的药物。俩人吃完药，都很快治愈了。这个故事又叫作"同病异治"，形象地解说了何谓中医的"辨证论治"，所谓"证"，即隐藏在症状背后的核心机制。

"辨证论治"的结果是"一人一方"，随着西医临床医学的发展，"一人一方"这个理念越来越被重视，只是西医使用了"个体化治疗"这个概念来指代"一人一方"，重症病人的救治更需要个体化。刘大为教授发表于2019年的一篇文章——《个体化治疗：重症医学发展的基石》中说：

在重症医学科不用另说个体化治疗，因为所有的治疗都是个体化。

说到个体化治疗，似乎是人人都熟悉、每天都在做的工作，因为日常临床治疗要面对一个又一个的个体患者。治疗个体的患者就一定是个体化治疗了吗？答案显然是否定的。常规的临床治疗通常从诊断开始。一旦诊断确立，治疗原则和方法的选择也就有章可循了。甚至方法的落实、应用的剂量、目标的正常值，书本上早已经有了明确的标准，达到标准就完成了治疗。不难看出，在这个治疗过程中，只有诊断是个体的。

循证医学的加入推动了临床治疗的进展。随着一整套验证方法的推出，循证医学采用在一个固定的病情群体中，比较A计划和B计划，确定其中哪一个计划能有更高改善预后的概率的方法。根据循证医学的研究结果，临床颁布了许多治疗指南。这些指南在规范临床治疗行为的同时，也给临床医生带来许多困惑。指南的依据是来自群体化的平均治疗结果，而每个具体患者都有着自己的病情特点，尤其是重症患者的病情更为复杂多变。指南的推荐意见越具体就越不一定适合面前的这个具体患者。同时应该认为，个体患者的预后没有概率，因为他自己就是100%。从而，临床上难免经常发生关于应该按照指南治疗还是个体化治疗的争论。

刘大为教授在文中反复强调了个体化治疗在ICU临床的重要性，对我来说又是一种很熟悉的感觉，仿佛只是把中医学的"辨证论治"的概念，换了一种新颖的表达方式而已。

经过上述的学习和反思，我觉得我想明白了，中医书里论述的很多典型的病症，今天只有在 ICU 的病人身上才会存在，而 ICU 是最能体现中医学的"整体观"和"辨证论治"的临床科室。

从此往后，我更爱关注所读的中西医书籍中的危重症内容。

我开始留意中医治疗危重症的故事

2010 年 9 月开始，我们前往北京市的针灸医院学习临床课程，上午上课，下午到病房见习看病人。为了更好地理解所看到的临床病人，我开始广泛阅读医案著作。说来奇怪，在没有接触到临床病人之前，我非常喜欢读那些使用经方原方或名方原方的医案，总被其"一剂知，二剂已"的疗效所折服。一旦接触了临床病人，尤其注意到"危重症"之后，才发现中医的医案里有很多危重病人的救治，这些救治过程往往较长，可谓一波三折，惊心动魄。这些重症医案瞬间吸引了我，对于"一剂知，二剂已"的教学示范性质医案也从此失去了兴趣。

记得，我当时在阅读《中国百年百名中医临床家丛书·叶心清》一书。叶先生是"金针黄石屏"的再传弟子，曾被外派他国，用其金针术为许多元首治病，为新中国的外交做出过不小的贡献。这本医集里收录了一些叶先生会诊的危重病人，读来很开眼界。这里摘引一例至今仍然会遇到的棘手的危重症——伪膜性肠炎。

患者是一名23岁的男性钢铁工人，不幸跌入钢铁冷却池严重烧伤，经抗感染、抗休克、纠正酸中毒等治疗，并先后进行12次植皮手术，创面终于大部分封闭。1960年5月1日，患者突然出现了腹泻，初为稀水样便，继而出现脱落的肠黏膜及大量出血，1日数十次，每次出血多则300mL，少则100mL，很快出现重度休克，体温升高至38℃以上，脉搏微弱，血压测量不到。经积极输血、补液、抗感染等对症治疗，仍无起色。曾请各大医院会诊，一致认为属于合并了"伪膜性肠炎"，已经没有更好的方法，建议请中医会诊。5月7日夜间11时，请叶心清先生急会诊，先生写下如下脉案：

神志模糊，躁扰不宁，口中谵语，面色苍白，形体消瘦，全身有烫伤及脱水见证，唇干口燥，舌面焦而无泽，苔边黄中黑厚且燥裂，脉极微弱无力。证属火毒炽盛、津液耗竭、元气将脱、阴阳离决。治以滋阴止血、清热解毒。

西洋参18克（另煎频服）、生地黄24克、元参18克、寸冬18克、荆芥炭6克、地榆炭6克、炒栀子6克、银花12克、茯苓12克、橘络6克、生甘草6克、三七粉2.4克。

当夜由汤匙每隔1~2小时灌入药汁1次，并以西洋参汁频频滴入，三七粉每隔3小时灌入0.6克。停用抗菌药，仍补液输血。

经一晚上治疗，患者排便减为12次。因患者躁扰服药配合困难，用冬眠药镇静，再服1剂，排便减为5次。

这位患者原本没有救了，却因为中医的会诊治疗，迅速转危为安。由这则医案记录可知，当时是连夜请中医会诊并服用了中药。这与大家所说的"中医善治慢性病""中医是慢郎中"完全不同。这是真的在"救死扶伤""起死回生"！我畅想着自己有一天也能像前辈一样，被请去给危重病人会诊，在现代化的ICU里，从容地拯救那些濒危的病人。

随着西医学的飞速发展，诊断水平不断提升、监护救治设备迭代更新，医疗环境已经与叶心清先生1960年时大不相同。要想在危重症救治中，发挥中医药的优势，必须与时俱进。所以读研究生时，我果断地选择了中西医结合（急危重症方向）为我的专业。

从零开始,学做一名 ICU 医生

让人"头大"的呼吸机

选择 ICU 作为研究生的专业方向,对我来说充满了挑战。一切从零开始,并不可怕。可怕的是不知道努力的方向。作为一名合格的 ICU 医生,需要具备哪些技能呢?这个问题在书本上很难找到答案。翻开书本,大量新的知识纷纷涌现,我不可能全部掌握,针对一个专题即使今天学明白了,几天之后又会忘却。除了桌子上留下的一本又一本的笔记,我的大脑里什么也没有留下。

以呼吸机为例,我学习呼吸机时认真看过好多遍书。对于 ICU 的学习,呼吸机是绕不开的话题,一个专科 ICU 里可以做不了血滤,但一定不能没有呼吸机,没有呼吸机的科室断然不能称之为 ICU。一位老师听说我选择了急诊重症专业,充满同情地苦笑着对我说:"那可是挺难的。我转急诊科时,调呼吸机就很让人头大,真的搞不懂!"我当时就下定决心,要以锲而不舍的精神学习,学会为止。

ICU 教材比较匮乏,我找来一本普通高等教育"十一五"国家级规划教材《急诊医学》,翻开"气道管理与机械通气"

一节，白纸黑字地写着：

  机械通气（mechanical ventilation）是目前临床上使用确切而有效的呼吸支持手断，其目的是：①纠正低氧血症，缓解组织缺氧；②纠正呼吸性酸中毒；③降低颅内压，改善脑循环；④可保障镇静剂使用安全，减少全身及心肌氧耗。但是，机械通气毕竟是一种非自然呼吸的方式，必然会影响正常的呼吸生理过程，并可能增加患者感染等并发症，以及造成相应器官组织损伤，增加患者痛苦。机械通气的适应证如下：

  1. 任何通气、换气功能障碍，除张力性气胸外，均可使用机械通气；气胸在有效闭式引流术后，也可以使用机械通气。

  2. 中枢神经系统衰竭、神经肌肉病变、药物中毒。

  3. 严重肺部疾病，如 COPD、ARDS、重症哮喘等。

  4. 严重脑缺氧或水肿引起自主呼吸不能完全恢复。

  由于呼吸道不畅、肺部感染、代谢紊乱、肺水肿等原因出现的呼吸功能不全则需要正压通气，以维持适当的通气量，改善气体交换，减少呼吸做功。

  如果说听完那位好心的老师说的"头大"，我的头大了一倍的话，读完这段文字至少让我头大了十倍。每个字我都认识，但让我理解并记忆这一段文字，我需要至少再翻阅文字数量20倍于此的资料。假设我的西医基础课程足够扎实，"低氧血症""呼吸性酸中毒""ARDS"这些病理性词汇我或许可以不必再查阅温习，但对于"降低颅内压，改善脑循环""减少全身及心肌氧耗"我不可能不去查资料。查阅资料的结果是徒劳无功，依然是不明白。

我想，我先放弃这一段吧，这个只是在讲适应证。我不如先学一下如何调整模式和参数，模式和参数是纯粹的操作技术，只要记住就好了，不用理解。于是，我又读到了：

容量控制通气（Volume Control Ventilation，VCV）、压力控制通气（Pressure Control Ventilation，PCV）、辅助通气（Assist Ventilation，AV）、控制/辅助通气（A-CV）、同步间歇性指令通气（Synchronized Intermittent Mandatory Ventilation，SIMV）、压力支持通气（Pressure Support Ventilation，PSV）、气道双水平正压通气（Bi-Level Positive AIrway Pressure，BIPAP）……

读完这段，我对自己产生了怀疑，我觉得我可能选错了专业，这么复杂，我可能永远也学不会使用呼吸机了！教材的这些标准的词汇、规范的表述，彰显了这个学科的专业性，但也同时筑起了一道森严的壁垒，让墙外的人望而生畏。

御医传人借"铁肺"的故事

遇到学习的难题，要设法化解。我了解到呼吸机的前世是"铁肺"，不如先从已经写入历史的"铁肺"入手吧。对于历史陈迹我更容易产生兴趣。想起我所读过的一本中医书籍里提到过"铁肺"，这书便是《赵绍琴温病讲座》，里面收录赵绍琴讲述的许多会诊的危重症病人。赵绍琴先生是三代御医之后，他的父亲是清朝最后一任太医院的院判（即院长），他曾在北京中医药大学东直门医院工作，常应邀去协和医院会诊疑难病人。东直门医院一位重症肌无力病人出现感染高热，诱发重症肌无力危象，呼吸无力，想请赵绍琴先生出面从协和医院借用"铁肺"。这个病人最终被赵绍琴使用白虎汤退热，"铁肺"也就没有了下文。

从"铁肺"理解呼吸机

铁肺是一个很大的铁盒子，需要用车才能运走。病人需要躺进这个大铁盒子，颈部以上暴露在铁盒子外面。铁盒子的密封性很好，在人需要吸气的时候，有一个泵将铁盒子里的空气抽走，盒子内形成低压腔，这个压力低于大气压力，空气在大气压力之下，自然地由人的呼吸道进入肺中，从而完成一次吸气。与教材上的呼吸机内容相比，铁肺的原理简单多了。我设想自己躺在铁肺之中，体验每一次负压带动的呼吸。

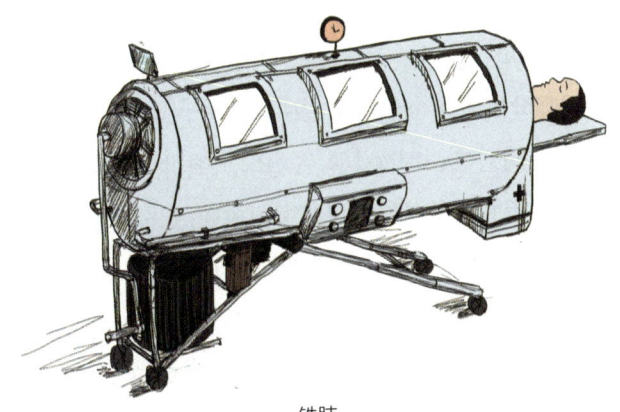

铁肺

现在的呼吸机已经非常先进了，非常轻便，转运呼吸机小巧到可以挂在病人的床头一起长途转运，或到CT室完成CT检查。用特殊材质制造的可进入核磁室的呼吸机都已经投入使用了。我刚开始学习ICU这个专业的时候，还会遇到因为不能脱离呼吸机而无法外出完成核磁检查的患者，这种情况下如果医生获得了家属的充分信任和理解，会冒险由医生全程在核磁室坚持捏"皮球"（简易呼吸器）维持呼吸，完成核磁检查。而在我工作第三年时，可以进入核磁室的呼吸机已经在我们科室启用。

跟庄子学呼吸力学

中国的先哲们很早就关注到了呼吸。《庄子》说："吹呴呼吸，吐故纳新，熊经鸟申，为寿而已矣。"这大概是"呼吸"一词首次见于文献记载。庄子说的是当时注重养生的人，会通过"呼吸吐纳"锻炼或"形体导引"锻炼，以求得长寿。

"呼吸吐纳"至今仍是中国传统锻炼方法的重要内容，我们针灸专业的必选课程《中医气功学》里讲述了锻炼的要点，即呼吸尽可能地缓慢绵长，将注意力放在每一次呼吸时下腹部的隆起和下陷。这种对于呼吸动作的内在体验，又称为"返观内视"。

我审视自己的呼吸全过程，试图从中理解呼吸机的工作原理：

第一个环节：每一次呼吸启动时，我需要稍微有点力量吸入空气，而垂危的病人连这个力量已经不具备了，需要呼吸机通过设置的压力（吸气正压），将气直接吹入病人的肺中。

第二个环节：我吸满之后，肺中完成交换的气体会自然地呼出，呼出的过程自然结束后，有意识地用力呼，还能呼出一部分气体，这是因为正常人的肺中就会残留一些气体保持肺泡打开，而生命垂危的病人需要呼吸机提供一个压力，阻止他将气呼得太干净（呼气末正压）。

这两个力便是呼吸机提供给人的最基本的支持力。

第三个环节：作为一个健康人，我吸入的每一口空气里，都是 21% 的氧浓度，而生命垂危的病人需要高于此浓度的氧

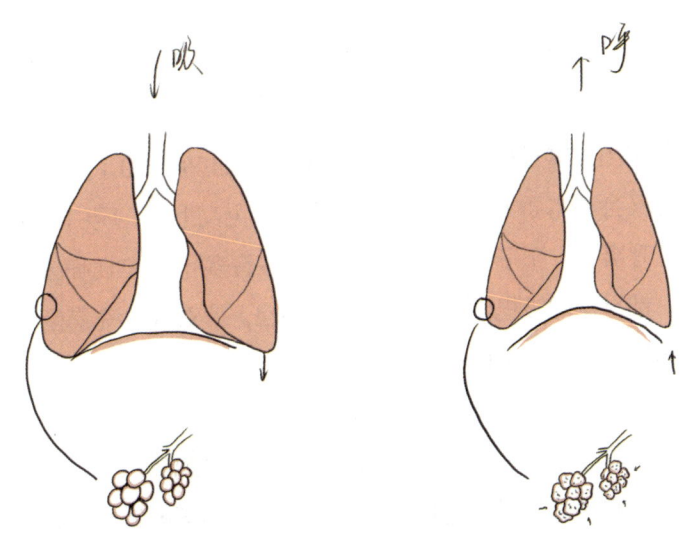

呼吸全过程

气,可由呼吸机提供(氧浓度)。

第四个环节:作为一个健康人,我可以根据活动量的大小,产生合适的呼吸频率,而生命垂危的病人,他的呼吸频率已经不再可靠,这时需要呼吸机设定呼吸频率。

ICU所有高大上的器官支持设备,说白了都是一种仿生学,都是要模拟人体原本的脏器功能,并以之替代人体衰竭的器官,直到人体自己的器官功能恢复,再撤掉这些支持设备。有了这样一个认识,对于ICU的设备的隔阂便会快速消融。

抓住本质,把复杂的ICU学问变得简单易学

吸气压力、呼气末压力、氧浓度、呼吸频率,是呼吸机工作的四个要素,每一个要素可以在表现形式上有所变化,从而衍生出丰富多样的通气模式。不同厂家的机器为了突出创新,又会将本质相同的模式给出不同的英文缩写。明白了这个,呼吸机一下子变得简单多了,我在许多年后ICU临床带教,都是从呼吸机工作的四个要素讲起,使对ICU充满陌生的学生瞬间进入ICU状态。

《黄帝内经·素问·六元正纪大论》说:

知其要者,一言而终,不知其要,流散无穷。

我的呼吸机学习过程,再次印证了这句话的智慧。我试着使用上述学习呼吸机的引申、联想的方法,用于ICU其他

方面的学习。

对于危重病人的病情和生命的监测，占据了ICU医疗的半壁江山。结合重症监护室，"监护"二字，即监测，现在也有说，无监测，不治疗。业内的前辈们，有的借用了ICU的谐音，将ICU阐释为"I See You"。这个称呼能在一定程度上反映这个学科的工作特点，即时时动态监测所有的生理和病理指标，做到最大程度的可视化，使病无处遁形。如果说之前思考过的"整体观"和"辨证论治"是理念层面的，那么"司外揣内"则是对于ICU监测技术的高度概括。"司外揣内"这个词语，见于《中医诊断学》教材，教材的"绪论"部分指出了中医认识疾病的基本原理，第一个便是"司外揣内"。

"司外揣内"的道理仍然难懂，此处则要讲一讲盲人摸象的故事。《大般涅槃经》说：

尔时大王即唤众盲，各各问言：汝见象耶？众盲各言：我已得见。王言：象为何类？其触牙者即言象形如芦菔根，其触耳者言象如箕，其触头者言象如石，其触鼻者言象如杵，其触脚者言象如木臼，其触脊者言象如床，其触腹者言象如瓮，其触尾者言象如绳。

躺在ICU的危重病人，就是大王牵来的那头大象，医生给病人所做的每一项检验检查，就相当于大王派出去的一个个摸大象的盲人，回报的检查结果，便是盲人报告给大王的摸象结果。高明的ICU医生得综合各个盲人的摸象结果，尽可能勾勒出最贴近大象真实面貌的形象。

不论仪器多么先进，原理如何复杂，所获取到的数据只是疾病的一种"现象",并不能等同于疾病的本质。监测的实质都是通过这些获取的"现象"以揣测真实的人体内发生了什么。思考明白了这些,对于ICU海量的数据便不再会觉得复杂而恐惧。我开始越来越多地把ICU问题和中医学理念对接在一起,深入挖掘问题的本质,逐渐消除自己对未知领域的恐惧。

02

当致命的疾病突然来袭

是故圣人不治已病治未病，不治已乱治未乱，此之谓也。夫病已成而后药之，乱已成而后治之，譬犹渴而穿井，斗而铸锥，不亦晚乎？

故邪风之至，疾如风雨；故善治者治皮毛，其次治肌肤，其次治筋脉，其次治六腑，其次治五藏；治五藏者，半死半生也。

——《黄帝内经》

破裂的腹主动脉瘤

在理念上的对接，只能消除学习的心理障碍。真正落实到病人的救治上，必须有实在的技术。救治一个呼吸停止的病人，如何把气管插管顺利地插入声门是一个技术，如何把放在你面前的呼吸机打开，设置一个合适的参数，也是很现实的技术问题。这些技术问题，必须通过反复地操作练习才能熟练掌握，光从理念上想明白，无济于事。

横亘在我与 ICU 之间的，是一个个技术壁垒。横亘于中医学与现代重症医学之间的，也是技术问题。要想在现代化的 ICU 里救治危重症，充分发挥中医的那些理念优势，必须下一番苦功夫，掌握这些技术。

作为一名合格的 ICU 医生，需要具备哪些技能呢？找到这个问题的答案，是在我真正踏进 ICU 大门之后，遇到了插满了各种管路、连接了大量仪器设备的病人，正是这些"病人老师"，让我的学习由量变的积累而产生质变。

本书后面的内容，我将围绕一位重要的病人展开叙述，这位患者我们称之为许爷爷。许爷爷因为腹主动脉瘤的先兆破裂，引发了一系列的生命危机，在与死神的殊死搏斗中，ICU 的种种救命绝技一一亮相：呼吸机，血滤（Continuous Renal Replacement Therapy，CRRT），体外膜氧合（Extracorporeal Membrane Oxygenation，ECMO），主动脉内球囊反搏（Intra-Aortic Balloon Pump，IABP），毫无保留地呈现在我的眼前。

这些仪器是冰冷的，没有生命的，但在 ICU 医者的仁心妙术驱使之下，化作了温暖的生命守护使者，帮助许爷爷赶走了死神，迎来了重生。

当我看到许爷爷时，他已经做完了腹主动脉瘤先兆破裂的治疗手术，身上插满了各种管路，静静地躺在 ICU 的病床上。病人对于 ICU 这段治疗是没有记忆的，而 ICU 的医生，又颇有"事了拂衣去，深藏身与名"的气度，只关注病人即刻的危重状态，生命稳定便"催促"病人离开，一刻也不想让病人多留。我是经过许多人的叙述，方才厘清了许爷爷在入住 ICU 以前的发病和抢救过程，又在许爷爷生还之后，多次坐在他的床旁长谈，才逐渐了解了许爷爷的整个人生历程。

俗话说："病来如山倒，病去如抽丝。"许爷爷的病，一经发现就是要"山崩地裂"的病。他因为腰痛难忍去医院时，医生很快就发现了是腹主动脉瘤破裂引起的疼痛，这是一种致命的病。人们很容易接受"病来如山倒"的说法，对于健康的关注，也多在大病重病之后。我在 ICU 学习时常听老师说，数据统计发现，中国人 99% 的医疗费用，都用在了临终前的 3 个月。

除了出门被车撞了、被狗咬了这些不可抗拒的外在因素导致的疾病，其他病都有一个发展过程。许爷爷是一位性格刚烈的军人，在动脉瘤破裂之前，已经有数十年的高血压病史了，发现了腹主动脉瘤也有十年了，他的动脉瘤的破裂，是长年累月积劳成疾的结果。

一次诱发疾病的旅行

许爷爷告诉我，他退伍前是一名空军飞行员，当他第一次驾驶战斗机穿越云天的时候，他的灵魂也随之飞翔在九霄。他驾驶着自己的战机飞上九天揽月，肆意挥洒着热血青春。他经受了种种魔鬼式的训练，时刻准备着为了保卫国土而献出生命。但许爷爷生活在了和平年代，最终也没能实现驰骋沙场的梦想。许爷爷带着些许遗憾退役，之后在一个平凡的岗位上一直工作到退休。退休后的生活，闲适又难免孤独，为了打发时间，游览祖国的河山大川成了许爷爷生活的常态。

2017年6月中旬，许爷爷策划了一次出游，计划由自己的家乡西安出发，来一次西北远行。在许爷爷眼里，这次旅行和往常一样轻松。他今年68岁了，但心态始终保持着当年驾驶战机飞翔九霄云海的状态，在他看来，良好的心态是维持身体健康不可或缺的因素，吃药都是其次。他的高血压已经有十余年了，降压药物从来没有规律服用过。几年前在体检时发现了腹主动脉增宽，每年的体检指标似乎变化都不明显，但就这样"不见其长而日有所增"地演变成了腹主动脉瘤。瘤体多年来与许爷爷共存，彼此之间相安无事，瘤体既不曾侵犯他使之产生不适症状，他也从未听从过医生的建议，规律服药以控制瘤体增长。

6月的中国，大多数地方已经进入夏天，而西北地处高原，正是阳春天气，百花开放，草木初长，一派欣欣向荣。西安是开启西北之旅的标志地，许爷爷与几位亲友组成了家庭旅行团。开车从西安城墙西北的尚武门出发，跨过渭河，便行走在了古老的丝绸之路上。向公路的两边望去，依稀可见连绵的山脉。两山之间的这条千年古道，又叫作"河西走廊"。遥想汉武当年，少年霍去病意气风发，轻骑奇出击杀匈奴，打通了这条河西走廊，连起了西北和中原，成了中华千年历史中一条重要的经济命脉。

许爷爷沿着河西走廊，到达了西北之行的第一站——天水，游览了以石窟佛像和壁画闻名的麦积山。许爷爷一行，只用半日就观赏完毕，午饭后便启程由麦积山再去往河西走廊的明珠之城——兰州。兰州是唯一被黄河穿城而过的都市，黄河给这座城市造就了太多的不平凡。闻名中外的兰州牛肉面，并没有留住许爷爷的脚步。他们吃过面后，立即启程沿着黄河北上，经过白银、中卫，到达有"塞上江南"美誉的银川。

这时，许爷爷的腰部隐隐有些不适了，他以为是旅途劳累了，便在银川休整了两天。人体的精妙就在于，它会在适当的时候提醒你，身体可能出现问题了。许爷爷有高血压病史，旅途劳顿会引起血压的波动，从而加重其腹主动脉瘤的膨胀。

许爷爷在银川休整两天后，便奔赴内蒙古的鄂尔多斯市。再向东去，沿着"走西口"的古道，经过内蒙古和山西交界的"杀虎口"长城，进入山西境内。在千年历史中，这个关口发生过无数次胡汉之争，遂将之命名为"杀胡口"；清朝忌讳"胡"字，便易"胡"为"虎"字了。过了杀虎口就是山西境地,首站是大同。许爷爷欣赏完云冈石窟,便至太原与老战友们相聚饮宴,喝了不少酒。腰部的隐痛不适,发作越来越频繁。介休的绵山已经没有力气去游玩,许爷爷独自在酒店休息了一个下午。之后的旅程,快马加鞭,顺着汾河谷地向南,只游玩了永济的鹳雀楼,便往潼关回西安了。

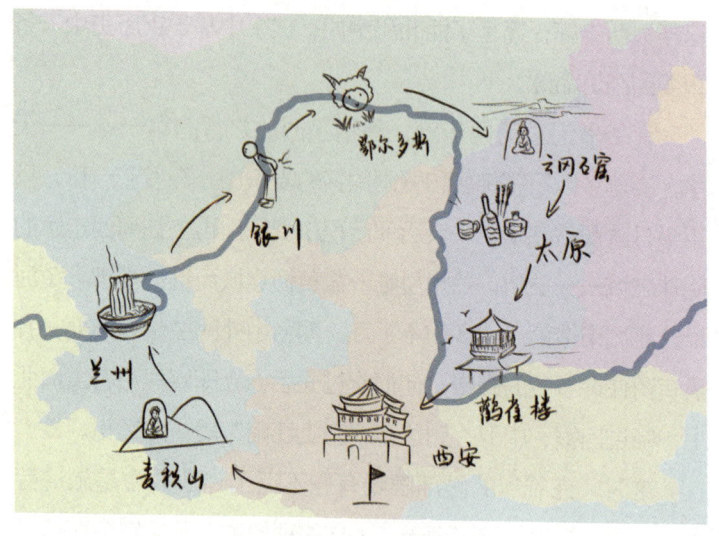

许爷爷的西北远行路线图

腰腹疼痛难忍,连夜就诊

许爷爷腰部的疼痛,没有因休息而缓解,在回到家中第二天的晚上,疼痛越来越明显,而且渐渐连到了腹部。许爷爷知道自己患有高血压、冠心病、轻微的肾功能不全以及腹主动脉瘤。军人出身的他，经常凭借钢铁一般的意志，拒绝就医服药。许爷爷的不适症状引起了老伴的重视。时间已是凌晨1点，老伴儿拨通了离他们最近的小女儿的电话。小女儿很快赶来，将父亲送到了当地最好的医院。

医院的门前已经不像白天那样车水马龙、拥挤不堪，急诊大厅里零零散散地有像许爷爷一样的半夜来就诊的患者。许爷爷经过急诊分诊台的护士分诊之后，一位和蔼的医生接待了他们。对于因腹痛来就诊的患者，急诊医师都会保持高度的警惕。医生通过病史，以及查体时发现的压痛部位与腹部搏动感密切相关，首先将目标锁定在了腹主动脉瘤。医生预感到许爷爷的病情可能极其危险，立即给许爷爷监测了生命体征：血压偏高，心率、脉氧和呼吸还在正常范围之内。医生随即开出了腹部CT检查单。许爷爷在家属和医生的陪同下，进入了CT室。CT平扫很快完成，发现腹主动脉瘤体较之前已经增大，随即打了造影剂进行增强扫描。很不幸，瘤体已经先兆破裂。对于破裂的腹主动脉瘤，《外科学》如是说：

腹主动脉瘤如不治疗不可能自愈，瘤体一旦破裂死亡率高达70%～90%，而择期手术死亡率已下降至5%以下，因此提倡早期诊断、早期治疗。外科手术仍是主要的治疗方法；对于高危病人，可采取腔内修复术。

没有突然出现的疾病

危重症是如何诞生的

"没有突然出现的病情变化,只有病情变化被突然发现。"这句富含哲理的话,已经在重症医学界广为流传。但此处我将它引来,说明许爷爷的病。

我思考着如何从中医的角度理解认识许爷爷的病,他的发病过程是一个由慢性病逐渐进展为危重症的过程。

东汉末年的张仲景被我们尊为"医圣",他在其著作《伤寒杂病论》中,将病因归纳为"千般疢难,不越三条",刻在竹简上,警示后人。第一条是"内因",第二条是"外因",第三条是"不内外因"。这种病因分类方法,至今仍然可以用来概括入住ICU病人的病因。

"内因"是指机体长期的消耗、劳损,慢性疾病逐渐进展,最终导致病情骤然加重危及生命进入ICU,许爷爷的病即属于"内因"导致的危重症。

"外因"是指外来的病邪侵入人

"医圣"张仲景画像

体，常是毒力极强的致病源，能将一个健康人打倒，比如甲流、SARS，直接导致了呼吸衰竭，或者细菌感染引起脓毒症，导致多脏器功能损伤。

"不内外因"是指不可抗拒的外力因素，如车祸、地震等自然灾害导致外伤而成为危重症。

"三因"导致的危重症患者存在共性，即器官功能的损伤、衰竭，救治的共同点都是脏器支持、挽救器官功能。但三类人群的治疗难度和治疗结局却差异巨大。

"不内外因"导致的危重症，只要损伤能被控制就能生还，因为患者在发病之前，脏器功能是完全正常的，这是最能体现 ICU 价值的一类病人群。

"外因"导致的危重症，取决于有没有针对病原的特效药物，如果没有特效药物，只能在充分的器官支持中，等待机体自愈，新冠危重症就是这种情况，这是比较能体现 ICU 价值的第二类人群。

"内因"导致的危重症是 ICU 最难处理的病人群，通过积极治疗，最好的结局也就是恢复到平时的慢性病态，治疗过程非常不易，因为这类患者的脏器功能储备已经非常有限。许爷爷的病，就属于难治的这一类。

题外话：如何远离"猝死"

既然谈到了危重症的诞生，就此发挥一下，分享给大家如何保护生命，远离猝死。2019年底，一位知名演艺人员在录制节目时突发晕厥，送至医院抢救无效死亡。此事引发了舆论热议。

猝死，给人的感觉是，前一秒还在好好生活工作的人，后一秒突然就死了。死亡来得如此突然，以至于旁观者根本无法接受。猝死的英文——"Sudden Death"描述得则更为直观。

多长时间之内死亡算猝死呢？说法不一，时间范围最短的认为4小时内，最长的认为48小时之内。其实，死亡来临快、时间短，只是让大家无法接受的原因之一。另一个重要的原因是，猝死者在死亡前是健康的，至少在大家看起来是健康的正常人。平素健康+快速死亡，组成了"猝死"这一概念。

如果这位已经丧失知觉的演艺人员，在现场、在送往医院的途中、在到达医院急诊、由急诊收入重症病房的整个救治程序中，任何一个环节出现了复苏成功，恢复了自主的心跳，继而恢复了意识，那么这个事件就不能再被称为猝死。猝死，是抢救后未能生还的说法。能抢救成功的，只能被称为心跳骤停或者室颤等病。

明确了"猝死"这一概念，我们再来谈"心源性猝死"（Sudden Cardiac Death）。顾名思义，心源性猝死是指心脏出现问题而导致的死亡。这个名词，是带有急诊色彩的名词，不能算作一个准确的疾病名，它可涵盖多种心脏疾病。我们从心脏的解剖基础和生理功能来逐项解析心源性猝死。

心脏由肌肉、血管、神经组成，这里的"神经"是指能传导电信号的浦肯野纤维。浦肯野纤维传导的这个电信号规律地周而复始，激发心肌规律地完成收缩和舒张，从而供给全身氧合血，维持生命活动。如果电活动出现异常，会导致各种各样的心律失常疾患，而其中一种是可以导致突然死亡的，即室颤，这也是心源性猝死中最常见的一种情况。现在国内的公共场合已经陆续配备了自动除颤仪，就是为了及时救治室颤，阻断由室颤导致猝死这一过程。

心脏的血管出现病变，常见的为两种，一种是动脉出现了粥样硬化引起心肌缺血，即我们熟知的冠状动脉粥样硬化性心脏病；一种是冠状动脉的结构异常或功能异常，在某些应激状态下出现血管痉挛导致心肌缺血。心脏血管病变往往有数年的病程，在病程中会出现心脏周围区域不适症状，即使出现了冠脉堵塞引起心肌梗死，多数患者有足够剧烈的症状促使其前往医疗机构就医，大多数也有充足的时间到达医疗机构，在胸痛中心建设、急诊绿色通道日益完善的今天，心肌梗死因为延误救治而导致死亡的概率已经在下降。除非是冠状动脉主干急性闭塞，可以快速导致死亡，这是心源性猝死的另一个常见原因。

心脏肌肉导致的猝死，主要为肥厚型心肌病，此病可导致心腔变小，心脏射血能力受限，在应激状态下需要大量氧供时心脏无法满足所需，而导致猝死。

以上只是为了普及，分述了几种可以导致心源性猝死的心脏疾患。人体是一个整体，在正常的生理状态下，心脏的肌肉、血管和电活动之间有序协调，密不可分；在疾病状态下彼此相互影响，比如心脏血管的急性闭塞，会导致心肌缺血，更会影响电信号的正常释放传导，而使人突然出现室颤。

普及了这么多医学知识，如何才能对大家的生命健康有所帮助呢？其实对于非医学专业的读者来说，了解以上知识，对于保持健康可能没有什么实质的帮助。因为你既不能看见心脏血管的血液流淌，也不能感到浦肯野纤维的电信号传导，最多你只能在某个"怦然心动"的刹那知道那是心肌收缩产生的声音。

如何避免猝死呢？很简单，时刻对于生命心存敬畏，顺应天地自然，合理作息。猝死的人大多是在大家看来身体强壮的、精神抖擞的，因为自恃体强，才会反复挑战生命的极限，在一次次挑战成功之后，已经忘却了对于生命的敬畏，猝死便会悄然袭来了。

所谓顺应天地自然，首要的是遵循昼夜节律。人类的进化中已经形成了适应昼夜交替的生物节律，许多重要的生命活动需要在睡眠后完成，早睡早起才能使身体得到充分的休息。对于经常熬夜加班工作者，可以考虑调整一下工作策略，将加班的时间改为清晨，这样不仅能神清气爽地高效率完成任务，连晚起和不吃早饭的不良生活习惯也顺带改掉了。按时睡眠之外，三餐按时定量、时刻心情舒畅、适量的运动，也是维护身体健康的基本要素。

做到了上述的按时睡眠、按时用餐、心情舒畅、适量运动，人体也难免会生一些小病，比如感冒、胃肠不适等，这些小病因为症状不足以影响日常活动，所以带病工作成了很多人的常态。这时需要我们形成正确的疾病观，生病的时候机体努力地战胜疾病，在微观层面会发生很多你不能察觉的变化，生病时还在进行高强度的工作，是非常不利于健康的。充分地休息，给予机体休养生息战胜疾病的时间，是我们应具备的疾病观。在 ICU 的临床中，会见识到各种不慎于小恙之调护而罹患重病的，以死亡率非常高的劳力性热射病而言，在高温环境下进行高体能消耗的运动是发病的主要原因，但当细细追问病史就会发现，在此前数日多数患者都存在一些小毛病，比如轻微的感冒、饮食不洁后的腹泻，或者因为完成学业或工作未得到充分睡眠。

现代医学虽然日益发达，但是医药并不能使我们的生命健康永不受到威胁。敬畏生命，善养其身，才是对自己、对家庭、对社会真正负责。ICU 这个职业从事的时间久了，才发现很多命是救不回来的。早在 2000 年前司马迁借扁鹊之口说的话，已经道破了急危重症救治中起死回生的本质——"越人非能生死人也，此自当生者，越人能使之起耳！"

所以，从现在开始远离不良的生活习惯，做一个敬畏生命的人吧。

不生病才是王道

我在刚选择急危重症为专业时，对于"起死回生"抱着非常大的期望，认为救治危重症才最能体现医生的价值。对于中医的"养生""治未病"简直嗤之以鼻，认为这些偏离了"救死扶伤"的目的，不配称之为医学。但当目睹了太多ICU救治的艰难和生还的渺茫，我才重新认识到"不生病才是王道"。唐代的医学家王冰，在整理医学典籍《黄帝内经·素问》时，对于内容进行了重新排序，将道法自然的养生部分，放在了全书的最前面。现在看，王冰是非常明智的，他已然参透了生命与健康的真谛。《黄帝内经·素问》第一篇《上古天真论》说：

> 夫上古圣人之教下也，皆谓之虚邪贼风，避之有时，恬淡虚无，真气从之，精神内守，病安从来。是以志闲而少欲，心安而不惧，形劳而不倦，气从以顺，各从其欲，皆得所愿。故美其食，任其服，乐其俗，高下不相慕，其民故曰朴。是以嗜欲不能劳其目，淫邪不能惑其心，愚智贤不肖，不惧于物，故合于道。所以能年皆度百岁而动作不衰者，以其德全不危也。

假如许爷爷面对健康和生命，稍微谦卑一下，放下"要强"，也不至于走到今天的腹主动脉瘤破裂危及生命的地步；假如许爷爷在长途旅行中，注意劳逸结合，不要那么逞强爬山、恣意饮酒，也许瘤体不至于破裂……

人的生命活动是"阳气"的外在体现，人体假如有十分"阳气"，那么维持平时生活所需而动用的"阳气"只占两分，其余八分"阳气"都处于潜藏状态，或叫"战略储备"状态。西医学也发现了同样的规律，正常人的氧供应量是维持基本生命活动所需氧耗的五倍（这个知识点在ECMO的管理中会经常用到）。阴阳要保持平衡，处在阴平阳秘的状态才能健康地生活，如果反复地调动阳气而不注重涵养，便会出现《黄帝内经·素问》所说的"阳气者，烦劳则张"，导致阳气虚性亢奋的疾病，许爷爷的生活行为正是在不断地调动"战略储备"。

生命垂危之际的忏悔已经无济于事，生命只有一次，没有重来的机会。

急诊科的接诊医生在给许爷爷做完增强 CT 检查之后，便没有再让他离开抢救室，他随时可能因瘤体大破裂而死亡。

动脉的出血是非常严重的，以许爷爷 150/90 mmHg 的血压为例，他的动脉压力可以达到 150 mmHg，即 150 × 1.36= 204 cmH$_2$O，意味着在腹主动脉上有一破口，血会直接喷射形成 2 米高的血箭。

在遇到许爷爷之前，我所理解的腹主动脉瘤的破裂，是像气球被吹到极限而爆炸那样瞬间爆裂，血液溅满了整个腹腔，人因失血而死。精妙复杂的人体，远非我所想象的那么简单。动脉有平滑肌层，动脉的外面还有结缔组织包裹，再往外还有各种系膜的保护，邻近还有脏器压迫。层层结构使得动脉瘤的破裂，不会像气球炸裂那样干脆。

许爷爷的动脉瘤先兆破裂，是破裂了一丁点儿口子。溢出的动脉血在局部形成了一个血肿，对动脉瘤的破口处起到了压迫的作用，出血暂时停止，达到了一个极不稳定的短暂平衡。如果稍有不慎，比如剧烈的活动，剧烈的咳嗽导致腹压急剧升高，或者体位的变动导致瘤体的压迫，都会导致平衡被打破，再次出血。

题外话：中医能救许爷爷的命吗？

如果许爷爷早生几十年，西医还没有治疗这种病的高超技术，许爷爷还能生还吗？中医是否可以作为一种治疗选择？

古代没有 CT 和超声检查等技术，那时的医生们特别希望拥有一双透视的眼睛，司马迁在《史记·扁鹊仓公列传》中表达了医生的这种愿望，扁鹊得到长桑君的传授，服用了神奇的药物和"上池水"，三十天后能透视看到墙那边的人，从此以后看病人"尽见五脏症结"。古代医学对于主动脉的解剖和生理功能了解也非常有限。限于医学知识和检查技术，古代很难认识到"腹主动脉瘤"。但是一旦借助了西医学的解剖、生理等认识，认识到了这种疾病，便会有不甘平庸的医生，想方设法以攻克疾病。下面引用两个病例报道：

第一例患者是 73 岁的男性，年龄与许爷爷相仿，他的诊断是"夹层腹主动脉瘤"，就诊日期是 1992 年 12 月 2 日，是在一家县医院就诊。这篇报道的讨论部分说"腹主动脉瘤在临床中极为少见，中医属积证范畴，目前在西医尚无特效的治疗方法"，这是那个年代医疗的真实写照。那时的高血压、动脉粥样硬化发病率还很低，生病后能有钱进医院诊疗，并完成 B 超等检查的人还是少数。那时候 CT 还没有引进中国。这位患者上腹部正中处剧烈疼痛 2 个月了，疼痛固定不移，痛如针刺，拒按。伴有呃逆，嗳气，腹胀，不欲饮食，大便秘结如羊屎。舌淡，边有瘀点，脉弦细涩。治疗采用了"疏肝理气、活血化瘀、润肠通便、软坚散结"之法，方用桃红四物汤加减：桃仁、川芎、白术各15克，红花、当归、乳香、没药、乌药各12克，赤芍、元胡、芒硝各10克，大黄6克（后下），4剂。服用一剂药之后疼痛便明显缓解，服用完4剂，疼痛只出现过一次，持续了4~5分钟后便自行缓解。用原方加减治疗至所有症状消失，3个月后复查B超动脉瘤消失了，随访一年也都正常。

第二个病例是55岁的女性，在2008年1月夜间因突发腰腹部剧痛就诊于当地市医院急诊科，B超发现腹主动脉瘤直径68mm（已经达到手术指征），保守治疗5天后无缓解，转至西南地区最权威的医院。医生提出介入治疗方案及围手术期的风险，费用需30万~40万元，患者家庭无力承担费用而出院，回到当地住进一家民营医院。这位患者因为医药费用陷入窘境，这代表了中国很大的群体。近几年随着国家对于农村医疗的补助，这种情况在逐渐减少。患者家属无力承担积极治疗的费用，但如果直接拉回家里"等待随时破裂死亡"，又悖于伦理而且要承受巨大的道德谴责。家属在困境之中想起自己"慢性咽炎"的就诊经历，想到找治愈自己"慢性咽炎"的中医医生，权且"死马当活马医"。患者当时疼痛剧烈，一天需要使用三次强力的止痛针剂，血压在190/100mmHg。这位医生选择"补气活血行水"的治法，处方用黄芪50克、白术15克、茯苓15克、泽泻12克、山茱萸12克、怀牛膝20克、牡丹皮15克、生地黄20克、杜仲15克、天麻20克、川芎

12克、全蝎10克、草决明20克、三七15克、钩藤20克、龙血竭15克、酒制大黄8克、生代赭石80克、甘草8克，一剂药服用3天。3天后复诊去掉大黄，加入元胡10克，一剂药继续服用3天。经6天治疗后患者血压平稳、腰腹疼痛好转，解除严格制动，可以下地小心翼翼地上卫生间。第4次就诊时，患者在家属陪同下前往中医医生的门诊就诊。又治疗两周后患者出院回家，但后续没有再随访。

即便在现在的北京，有发达的医疗和充裕的医保支持，也不是所有的动脉瘤和动脉夹层，都能通过手术解决。一些患者因为身体的其他疾病的限制，无法耐受手术救治，而寻求中医药的保守治疗。我曾经治疗过两例A型主动脉夹层，均快速缓解了急性症状，挽救了生命，后续的生活质量也非常好。

如果读者不幸遭遇了这种危症经历，而又无费用支撑起高额、先进的医疗，人生并非毫无出路可言，选择一名靠谱的中医医生，把生命交给他，他也许会帮助你劈开一条生路。这是在中国最大的优势，有中医、西医，两种医学为我们的生命保驾护航。

转院，陷入混乱的家庭

认识腹主动脉

　　许爷爷没能再离开医院，医生再三叮嘱，要求他务必静躺在抢救室的病床上。咳嗽、用力排便，这些都要避免，任何加大腹腔内压力的动作，都有可能打破出血与压迫止血之间的脆弱平衡，从而引爆腹部的这颗"炸弹"。

　　腹主动脉管腔内，以一秒钟一米的速度流淌着鲜红的动脉血，如奔腾不息的江河，主动脉上面的每一个分支都灌溉着一个重要的器官。许爷爷动脉瘤的先兆破裂，正如江河堤坝不

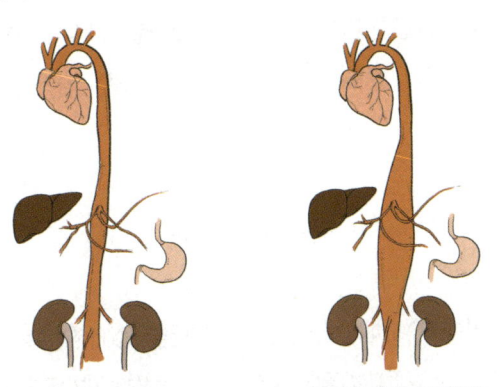

正常的腹主动脉及分支示意图（左）及发生动脉瘤后的主动脉及分支示意图（右）

断被江河挤压后移,最终挤开了一个缺口。原有的正常灌溉的分支受到了影响,即使许爷爷没有死于动脉瘤体大破裂出血,器官因缺乏血液灌注而衰竭,也会使他丧命。

医学科学对于腹主动脉瘤的攻克,经历了半个多世纪的历程:1952年一位名叫Dubost的医生,首先报道了使用开腹手术治疗动脉瘤。他们的治疗是先将腹腔打开,切除动脉瘤,然后放置同种异体生物的动脉,与原有的动脉断端吻合,这例病人治疗取得了成功。开腹手术成了公认的治疗腹主动脉瘤的唯一有效方法。此后的医学不断地改良手术方式、发明更好的人工血管,使开腹手术治疗动脉瘤的成功率不断提升。开腹手术存在的问题是创伤大,年老体弱、脏器功能欠佳的患者难以耐受。1986年,有医生给实验动物的动脉瘤采取了开腹、支架修补的手术,这个实验也得益于材料学的发展进步。1987年,Lawrence首次通过X线透视引导放置支架。1991年,Parodi等首次报道了应用于临床腹主动脉瘤病人的腔内修补术,这被视为血管外科史上的一个里程碑。此后,通过腔内放置支架修补血管,逐渐成了腹主动脉瘤重要的治疗手段。

转院前的准备

主治医生详细地介绍了许爷爷所要面临的治疗,但是受制于技术,他必须转院到北京一家实力雄厚的医院完成治疗。转院,说来只是简单的两个字,但它的实现需要雄厚的家庭经济支撑。大多数的中国普通家庭，面对此种境况，难免都会在金钱和生命之间痛苦地抉择。

虽然当地医生没能亲自给许爷爷进行手术，但对于家属咨询的未来转院之后，可能面临的手术费用做了保守的估计，以许爷爷所在的城市西安房价来论，至少准备 1~2 套房子的钱。

许爷爷罹患了疾病是非常不幸的，但生活在大城市又有一定的积蓄，能第一时间到最好的医院救治，便是不幸中的万幸。有多少悲剧因为贫穷和落后，患者舍不得大医院的检查费用，生病之后先选择附近的小诊所对付着输 3 天液、吃几天药，耗着耗着，疾病便到了不可收拾的地步。此时，即使到了正规的大医院就诊，也面临着更复杂棘手的病情和更巨额的医疗费用。

这突如其来的病情变化，使许爷爷的家庭瞬间陷入混乱。许爷爷本人还有陪同前来就诊的小女儿，从来没想到事情会这么严重。匆忙出门来医院时，只随身带了手机和钱包。小女儿拨通了哥哥和姐姐的电话，电话中她努力使自己保持冷静。

"父亲的病情很严重！你们需要来一下医院。"

"医生说是腹主动脉瘤破裂了，随时会有生命危险。"

"建议转院到北京救治。"

电话传来的消息宛如晴天霹雳。

"不要着急，父亲现在躺在抢救室里，有医生在。你们稍微收拾一下，带齐各种证件和银行卡，我们可能马上就要转院去北京。"小女儿在电话中叮嘱了他们。

许爷爷快 70 岁了,他的子女们都已人到中年,种种事务缠身,在工作单位中是业务骨干,在家庭中为人父母,社会和家庭的责任义务团团包围着他们……一家子人一下子陷入了混乱无序:大到未来需要接洽的工程项目、需要会见的合作伙伴的搁置,小到明天一早醒来谁送小孩上学、谁照顾家里丧失生活能力的老人……

但是父亲的生命比这一切都重要,他们要放下一切,去陪伴、守护父亲。出发之前还有一件重要的事情,那便是安抚好家中的母亲。

1 个小时之后,他们已经陪伴父亲坐在了出发前往北京的救护车上。救护车呼啸着从市区穿过,警报声划破了黑夜的长空。急速行驶 3 个小时后,天色已微亮,透过车窗依稀可以辨

前往北京的救护车

出黄河的身影，跨过黄河便进入了山西境内。距离许爷爷刚刚结束的山西之游不过3天时间。

题外话：白马医生——中国古代的120

我们见惯了街巷中飞驰而过的"120"和"999"救护车，已经无法想象，在没有建立城市急救网络体系时，人们可用的医疗资源是怎样的匮乏？这个问题引起了我的兴趣。

古代的医疗不具备大型的设备和复杂的器械，经济发达的城市医疗资源相对丰富，病情危重的患者可以请医生来家中出诊，行走在出诊路上的医生便是今天的"120"和"999"。清代嘉庆、道光年间，江南一带颇有名气的医生王旭高，常被患者请去出诊。当时的名医普遍要讲究"排场"，病人请出诊要雇一顶轿子来请，但王旭高为了能更快地到达患者家中救治，同时也为了节省患者家的费用，自己饲养了一匹没有一根杂色鬃毛的白马。在锡金县的街道和农村的土路上，经常能看到骑着白马匆匆赶去出诊的王旭高，人们亲切地称他为"白马医生"。

而地处偏远山区的民众，医疗资源匮乏，无医生可请。古代有一个职业叫走方医，他们手持串铃，每到一个村子便摇动铃铛提醒村民"医生来了！"走方医居无定所，在每一个地方停留时间很短，治疗疾病必须见效快，因此擅长急救。他们治病的经验和理论被清代的医学家赵学敏整理成《串雅全书》，书中专门有一章节叫作"起死门",就是记载急救技术的。走方医便是古代中国行走在村落间的"120"。

羁旅异乡的民众罹患危重症,只能靠同行者或过路的医者救治。东晋的葛洪便写了第一部临床急救手册《肘后备急方》,意思是把这书装在口袋里,旅途随身携带,以备自己或路人出现突发疾病时,可以按书检索救治方法进而实施急救。葛洪之后,每一个时代都有医家编写急救手册,希望能人手一册,以在仓促之间应急。这是古代医者希望普及全民急救意识的体现。

抵达北京,准备输血抢救

许爷爷发病的时候,急救直升机应急医疗体系已经建立,许多地区的重要医院里,病房楼顶已经改建成了停机坪,供急救直升机停靠。这是借助科技的力量,使生病的患者能得到更及时的救治。但是直升机救援所需的费用远比救护车昂贵。

许爷爷所乘坐的救护车,还要再行驶 10 个小时才能到达北京,平时谈笑而过的 10 个小时,在这小小的救护车厢内,却如一生那么漫长。

救护车到达目的地已经是午后。车门打开的一刹那,夏日闷热的空气扑面而来。当急诊科的医生从 120 医师口中了解到,许爷爷为腹主动脉瘤先兆破裂的患者时,他一边签署着接诊单一边开始了抢救部署。护士已经完成了抽血,快速连接好的心电监护仪上，闪烁着许爷爷的生命体征。此时，许爷爷的儿子在窗口，马上就要挂完号了。血管外科的急救电话已经拨通，5 分钟之内便会有医生来到许爷爷的床旁。血型复查显示许爷爷是 A 型 Rh 阳性的血型，6 个单位的悬浮红细胞和 800mL 的血浆申请随即发出。

许爷爷的动脉瘤破裂随时会大出血。无论在术前，还是术中，一旦大出血，输血是抢救生命必备的治疗手段，输血技术的成熟和普及为创伤和大手术保驾护航，挽救了无数生命。即使没有出现破裂出血，支架放置之后，游离在支架管腔之外的数百毫升血液，也会变成一团"死血"不再参与循环。这团"死血"随着时间的推移，在人体奇妙的凝血作用之下，逐渐变为固态的血块，再被机体慢慢地吸收、机化。人体损失了这团原本是"活着的血"之后，也会出现贫血，也需要输血治疗。

题外话：拒绝输血治疗的老中医

我们早已司空见惯的输血，到底经历了多少坎坷才走到今天？且不说血荒、因卖血而感染、因输血而感染、互助献血之下促生的变相卖血，单说输血治疗被传统的医生所接受，也经历了一些曲折。我印象最深的是一位民国时期上海著名的医家，他对于输血曾经明确表示过拒绝，这只是近代东西方文明碰撞的一个缩影。这位医生最终凭借自己高明的医术，成功地挽救了一位因胃癌导致消化道大出血、失血性休克的僧人。他对于这个患者为什么不能输血做出了一段精彩的论述，翻译成白话文如下：

一般来说，失血量很多又没有严重内科疾病的人，可以选择输血治疗，如创伤患者、金创患者、产妇之类，因为这类患者是突然失血，元气是完好的（可简单理解为脏器功能储备是良好的）。如果元气已经显著消耗，内科疾病日益严重，不可以输血。为什么这么说呢？血液输入体内，必赖机体的元气运行血液。现在脉微欲绝，元气将脱，而且身面水肿，水气之邪严重，如果再输入外来之血，则残存的若断若续的元气岂能运化这些"输入的血"？且这个患者现在生命垂危，若不谋求全身整体治疗，只是简单的"见出血便输血"（当时西医除了输血，确实没有更进一步的治疗方法），患者的病情并不会因输血而好转，输入的血也会再次通过出血丢失。如此反复地出血、输血、再出血、再输血……血不仅没有得到补充，元气反而更加耗损，这种做法与两军对垒时资助敌人粮草军火有何区别呢？现在病人残存的元气，一定要留着运化药力，才有可能绝处逢生。

手术前的谈话

　　血管外科的医生已经来查看许爷爷了，短短的一分钟之内，他已经完成了查体，并看完了西安带来的片子。医生简短地表明了身份，关于病情和治疗的谈话已经开始。面对生命医生不能有丝毫疏忽大意，医生这个职业需要冷静，需要时刻保持客观公允，而这一切职业素养，在患方看来或许是冷峻的、冷血的、不通人情的。

　　"在手术之前，我们要再进行一次腹部增强 CT 检查，评估腹部动脉瘤情况，十几个小时的长途转运，病变可能有了新的进展。"

　　"手术是通过股动脉放置一根导管，顺着导管将支架放置在动脉瘤腔内。"

　　"患者的瘤体很大，大约需要 3 个支架连接起来，才能完全覆盖动脉瘤区。"

　　医生随手拿来一张白纸，只见话语从唇间流出，手下的白纸上已浮现出主动脉的轮廓。图文并用，他要在最短的时间，让家属理解他想干什么。又是草草数笔，主动脉上多出了几个分支。许爷爷的儿子，那个有点不知所措的中年男人，注视着那双与死神夺命的修长双手，见其只是轻轻勾勒，分支之上便多了两个形如蚕豆的肾脏。

　　"放完几个大的支架，治疗只完成了一半，最困难的是后面，要在主支架上，开出 4 个窗口，接上 4 个小的支架，分别撑开腹主动脉的 4 个分支：腹腔干、肠系膜上动脉、双肾动脉。"

家属们用尽全力听取医生的解说，他们攥紧的双手已经沁出了汗珠。他们听到了医生说的每一个字，但又仿佛什么也没有听懂。父亲随时会死亡，这是他们唯一懂得的。

"任何一个分支重建的失败，都会引起相应脏器的缺血坏死。"

谈话结束了。他们六神无主，沉默而不知所措，医生是他们现在唯一可以依靠的人，他们把一切都托付给了医生。

第一次高额的医疗费用

上述医患谈话场景，即便未曾亲身经历，也或多或少在影视剧中看到过，在一闪而过的镜头里，医生穿着笔挺没有一丝皱褶的白衣，家属呼天抢地请求医生不惜一切代价挽救生命。而在现实中，更多是宁静的、沉默的、无言的悲痛。悲痛固然源自亲人遭受病痛的怜悯，但更多来自有心救亲人却无财力负担医疗费用，无处借钱。曾经风靡一时的"水滴筹"帮助过一些无助的大病患者，而来自偏远贫困地区的病者，又如何懂得繁琐的流程去完成筹款？更多是背后默默支持的医生、护士，出于职业的悲悯，不忍看到还有生还希望的病者死于医药费用的不济，帮助患者家属申请，并默默地率先给予支援。

1987年，西湖大学校长施一公的父亲遭遇车祸送往医院，肇事者用了4个小时筹钱，在此期间医院没有做任何救治，最终施一公的父亲不幸离世。这种悲剧，在今日之中国大概率不会发生了。鲜活生命的丧失，刺激着医疗和公共卫生事业的发展，绿色通道、应急救助均可以在没有费用的情况下开展最基本的抢救。

许爷爷的家属此刻急需交齐手术的费用。每一个覆膜支架的费用高达10万元。好在家属们出发前已经做好了充分的准备，足以应付第一拨高额的医疗费用。

麻醉医生的术前探望

病痛的折磨和连日的奔波使许爷爷的面容显得憔悴。一位戴着花帽子的姑娘来床边看望了他，除了让他张大嘴巴查看咽喉，还问了一些平时的身体健康问题。这是麻醉师的例行术前评估。Luc Perino 在《零号病人》一书中说：

医学取得的实质进步可以概括为疫苗、剖腹产、麻醉和吗啡这四项。麻醉让躯体修复成为可能。事实上，如果没有麻醉，剖腹产根本就不可能位列其中。另外，整个外科此前都是剃头匠的工作范围。正是借助于伟大的麻醉术，才诞生了现代医学外科。

人们很早就期望有麻醉药物的产生，《三国志》记载华佗治疗"若病积结在内，针药所不能及，当须刳割者，便饮其麻沸散，须臾便如醉死无所知，因破取。"史书记载与其看作事实，不如看作一种对医学的理想追求。许爷爷一张嘴，"花帽子"姑娘清晰地看到了他的咽后壁，随手在纸上标注了气道评估分级 I 级。麻醉医师发现许爷爷有很多潜在的风险，但他已经没有时间去进行系统筛查。

麻醉的遐想

麻倒前的寒暄

在挤满了家属的手术室入口,许爷爷与子女作别。踏入这道门也许是生死永隔,此刻他的心头一念闪过。进门后经过了一段不短的距离,才到达第43号手术间。许爷爷躺在床上,"任人宰割"的无助感从四面八方袭来,他端详着比自己高大的一切:浅绿色的墙、穿着浅绿色衣服的人、"倒着"的被深绿色帽子和蓝色口罩遮去了一半的脸,还有那些不知名的仪器。单向层流的空气,吹过长年24℃恒温的手术室,使他感到阵阵冷意。

"花帽子"姑娘出现了,简单而客气的问候是麻醉的前奏。麻醉师的例行问候,将许爷爷带进了浓浓的关爱之中,他品味着姑娘的问题,莫名的感激涌上心头。他皱巴而苍白的脸上露出了微笑,努力想从脑海里找出一个满意的答案。

"花帽子"姑娘终于下手了。只见她熟练地掰开一支安瓿瓶,递到另一位姑娘的面前:

"看一眼,咪达唑仑。"

"嗯,没错!"

这是许爷爷听到的最后一句对白。

5毫升的注射器，缓缓抽空了药液，清脆的一声撞击，空的安瓿瓶被扔在了锐器盒里。那小小的空安瓿瓶画出的弧形，一如许爷爷当年驾驶着战机俯冲反转的轨迹。2mg的咪达唑仑注入了许爷爷的静脉，大约两分钟时间，许爷爷觉得身体开始轻飘飘的，有点像当年驾驶战机飞翔时的失重感，但又远远比那种感觉美妙，仿佛回到了婴儿时代，在摇篮之中，在母亲轻柔的儿歌声里，轻轻地飘进梦乡。

麻药诞生之前的医疗

这个诱导许爷爷进入梦乡的药物有一个乳名叫"咪唑安定"，在ICU里，它会被持续地用在危重病人身上。使用的最初目的简单而粗暴，就是让病人能够"乖乖地"配合治疗。在没有镇静剂的年代，治疗的难度超乎想象。促成美国退还部分庚子赔款的传教士明恩溥（Arthur Henderson Smith），在《中国人的气质》一书中记录了一个病例：

1878年，北京的一家外国人雇的马车夫患了流行的斑疹伤寒，当时有很多人死于这种病。到了第十三天，病情已经相当危急，可这个危重的病人却突然暴怒起来，一个人的力气敌得过好几个人。3个负责看护他的人全都被他搞得精疲力竭。这天夜里，病人被绑在床上，以防他逃走。当看护都睡着之后，他设法解开绑在自己身上的绳子，一丝不挂地逃了出去。凌晨 3 点看护发现他逃走了，于是，整栋房子都被搜了个遍，包括那口怀疑他会跳进去的水井。最后，在足有十英尺高的院墙处发现了他的踪迹，他是先爬上一棵树然后再翻过高墙的。不知他是跳下墙头还是掉下去的，总之他是落在墙外的地上了，然后又立即往护城河的方向跑去，护城河就在那道将北京的汉人居住区和清皇分隔开来的宫墙脚下。两个小时后，人们在这里找到了他，他的脑袋紧紧地卡在宫墙下面涵洞口的铁栅栏之间。显然，他是急不可耐地跑到这里来降温的，并且他被卡在这里已经很久了。

　　传教士记录的这个病例在中医看来不过是简单的"阳明狂证"，一剂清热泻火的中药便可以使之安静。但在 ICU 遇到的需要镇静的情况远比这个马车夫复杂。

　　宋代一位号称"三世扁鹊"的医生窦材，擅长艾灸治病。他为了让病人能承受穴位被艾火烧灼数个小时的疼痛，特地发明了一种麻醉药物"睡圣散"，服用了此药病人就昏睡不知痛，药物对人体也没有损害，病人服用后可以耐受"五十壮"的艾灸治疗。"睡圣散"由山茄花和火麻花组成，据研究这两种药分别是曼陀罗花和大麻花。

　　窦材的做法已经接近 ICU 镇静镇痛治疗，但是仍然无法满足今日危重症病人救治的需要。ICU 镇静药的广泛使用最终促成了使用规范的制定，镇静治疗的效用也不再局限于使病人安静接受治疗，还拓展到了改善病人的高应激状态、促使病人遗忘 ICU 治疗经历、促进病人康复等效用。

　　推注在许爷爷静脉中的咪达唑仑已经起效了。

气管插管

只见"花帽子"姑娘，在他的喉结下方注入了少许利多卡因，右手的拇指和食指以"比心"的姿态捻开了许爷爷的上下口唇，左手持了形似镰刀的喉镜，轻轻地通过齿缝塞进了口腔，左手轻轻地将喉镜向前向上抬去，镜尾的方寸屏幕之上便暴露出了声门，那是两片瓷白色的组织，随着呼吸一开一合，已经被导丝塑形成鱼钩状的塑料管子，在"花帽子"姑娘右手的操持下贴着喉镜上的凹槽直抵声门，在许爷爷声门打开准备吸气的那一刹那，气管插管便顺势通过了声门进入主气管。这一套十几秒钟完成的动作叫作"气管插管"，是为了开放病人的气道使之保持通畅，这也是ICU医生必备的救命技术之一。

气管插管术看似简单，但术者要想游刃有余地应付各种危急情况下的困难气道插管，需要经过许多实战磨炼。在京剧表演领域里流传了一句俗语——"台上一分钟，台下十年功"，此刻麻醉医师给许爷爷的气管插管，是缓和而有序的，一如京戏里的慢板；而在ICU抢救中的插管过程，却必须如京剧中的快板，唱词快到观众听不清楚，而唱者之唱腔却不得有丝毫含糊。因为在ICU抢救状态下，病人已经无法自己完成呼吸，很快会危及生命，一根气管插管便可将鬼门关前的生命挽回。

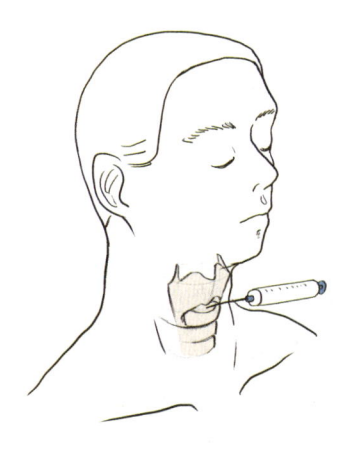

环甲膜穿刺注入麻药（利多卡因）

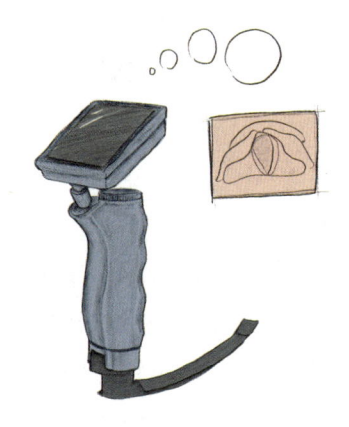

形似镰刀的可视喉镜。右上方是可视屏幕中显示的声门

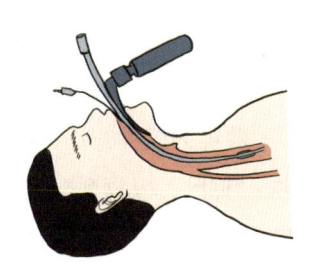

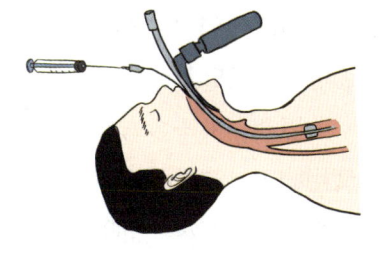

插入气管插管，并给气囊充气

古代医生是如何开放气道的

古代的中国医生们就尝试使用"开放气道"的技术以挽救危重症:

古代医生在救治"自缢"的患者时会使用两种"开放气道"的方式,一种是张仲景记载的"脚踏其两肩,手少挽其发"以达到牵引颈椎开放气道的目的;一种是后世医家补充的,把病人因绳索压迫而变形的喉管给捻正了,以恢复气道的通畅。

唐代医学家王焘在《外台秘要》转引葛洪治疗"自缢"之法(目前看到的葛洪《肘后备急方》此项内容已缺失),其中提到"塞两鼻孔,以芦管纳其中至咽,令人嘘之"。芦管,即芦苇,葛洪的记载已经类似于今天急救时使用的"口咽通气道",强调了芦管放置的位置要达到"咽",并通过这个人工气道进行人工呼吸。

孙思邈在《千金方》中仍然沿用了葛洪的这种方法,但他使用的工具改为"竹筒",孙思邈说:"仰卧,以物塞两耳,竹筒纳口中,使两人痛吹之,塞口旁,无令气得出。"孙思邈没有强调竹筒放置的位置,但对于通气进行了强调,要"痛吹之",而非葛洪的"嘘之"。

题外话：退出历史舞台的救命术

限于材料学的发展，中国古代医生借助外物进行气道开放的技术发展也就止步于此。但是中国传统的强调人的内在的训练培养，又为开放气道打开了一扇窗户，这便是曾经流传在中医喉科领域的"擎拿术"：

喉科擎拿术是著名医学家、第二届国医大师干祖望先生的一门绝技，他从老师处学来此术，具体发明者已不可知。此法于晚清时期在江南一带流传，成为顶级喉科医生的必备绝技。此法的实质是一种针对患者颈肩部循经推拿的治疗方法，原本没有名字，干祖望先生将它命名为"喉科擎拿术"。

这种绝技靠的是手上功夫，只有勤苦练功，才能在应用此术时达到桴鼓之效。"喉科"顾名思义，是治疗喉病的学科。喉为气管之开端，是气息出入之要道，如果喉部出现了梗阻，气息不能正常出入，很快即可使人缺氧致死，走向死亡的时间慢则数小时，快则数分钟。因此，急性喉梗阻，是不折不扣的急症。曾经白喉肆虐的年代，患者病变严重时不只颈部肿大，喉部也出现严重的水肿而变得狭窄，病人出现呼吸困难，喘息抬肩，声音嘶哑，如果任其进展，很快便会窒息而死。喉科擎拿术就是在这样的情况下推广起来的。如果不是亲眼看着师父通过娴熟的擎拿手法，救活了一个又一个将要窒息而死的病人，干祖望先生也不会苦练三年"抓坛功"了。干祖望先生学成出师之后，使用此法救活了大量的白喉喉梗阻患者，后来又将此法的练习方法、操作方法写成文章详细地介绍，并且担心读者读完或知难而退或不屑一顾，又叮嘱道：只要用此法给病人施治，就一定会有疗效，只是功夫到位的医生疗效神速，功夫浅的医生疗效较微。

将喉科擎拿术和盘托出后，干祖望先生并没有提倡推广，而是很客观地说：现代气管切开术和气管插管已经非常普及，简便易学疗效确切，已经没有必要再花三年功夫苦练抓坛功去掌握喉科擎拿术了。

手术台上

麻醉医生将呼吸机连接在了气管插管上，随着机器设定的节奏，许爷爷的胸廓在规律而缓和地起伏着。紧接着，一管乳白色的、外号"牛奶"的药液缓缓推注进许爷爷的静脉，它可以在30秒内使许爷爷进入深度镇静状态，这个药物叫作丙泊酚；然后是一支镇痛效力约为吗啡300倍的强效镇痛药物——舒芬太尼，它足以使许爷爷对任何剧烈的疼痛都毫无知觉。和咪达唑仑一样，丙泊酚和舒芬太尼也是ICU的常用药物。

许爷爷已经丧失了知觉，绿色的手术单子覆盖着他裸露的身体，手术的区域在腹股沟处，他的阴毛已经被剃得干干净净，这是为了最大限度消灭局部藏匿的细菌。

导尿

他平躺着，双腿被分开、蜷起，护士将一根柔软的硅胶管子插入他的尿道直抵膀胱，这是全身麻醉手术必有的步骤——导尿。

导尿的技术具有久远的历史，现有记载中最早的导尿术是葛洪在《肘后备急方》中提到的用竹管导尿，唐代孙思邈在《千金方》中记载了使用葱管导尿，明代的医家开始使用鹅翎管导尿。导尿的操作非常简单，只需要将管子插入尿道进入膀胱即可，从古至今的改良只在于工具、无菌观念。

我国已经跑步进入老龄化社会，生活失能的老人越来越多，其中一部分长年卧床的老者便面临着导尿的难题，为了能顺利地排尿需要长期放置尿管。而尿管作为一种异物，改变了尿道的原生态，继发的泌尿系感染不可避免，为了减少感染的发生，也为了避免尿管使用时间过久而损坏，每过一段时间便需要更换尿管。失能的老人从家到医院，需要"120"的帮助，到急诊科挂号，然后完成后续的更换，对于老人和家庭均是不小的负担。家庭医生制度正在完善，也许不远的将来，更多的老人可以在家中接受到更多的高质量医疗服务，而且这些费用可由医保基金支付。

X光下的脏腑

消毒、铺巾，一切准备就绪，血管外科医生将穿刺针准确地刺入了许爷爷的右侧股动脉处，在穿刺针的引导下放置了一个动脉鞘管。只见医生手脚并用，他手中拿着注射器，将一种名字叫作"泛影葡胺"的造影剂从动脉鞘管快速注入，就在同时他用脚踩下了C形臂的踏板，一束束X线从C形臂中射出，在X线的透视之下，一幅随着心脏搏动而不断跳动的黑白色内脏图景，便显示在了屏幕之上。这幅黑白色的内脏图景中，最上面是肺脏，下面藏着心脏，然后是膈肌，膈肌之下可以看到肝脏、胃、肾脏和肠道。这个图景也曾出现在中国古代医生的画笔之下。

题外话：中国古代的解剖

战国秦汉之际的医学典籍《黄帝内经·灵枢》说："天至高不可度，地至广不可量……若夫八尺之士，皮肉在此，外可度量切循而得之，其死可解剖而视之。其脏之坚脆，腑之大小……皆有大数。"这是"解剖"一词首次出现。

在解剖思想的指导之下，中国的历史上进行过许多解剖，最有名的是《汉书·王莽传》记载的"王莽得翟义党王孙庆，使太医与巧屠共刳剥之，量度五藏，以竹筵导其脉，知其所终始，云可以治病。"这次解剖是由医学家和巧屠共同参与的，目的是为治病服务。无独有偶，在时间相距不远的医学著作《难经》中便详细记载了内脏的形态、大小。宋代庆历年间叛乱者欧希范及其同党共56人被解剖，并由画工绘制了《欧希范五脏图》，与现代的解剖图基本一致。

但是中国古代的医生们似乎达成了一种共识：从尸体解剖得来的脏腑的具体位置、形态，对于医疗工作帮助甚微，属于一种可有可无的知识；

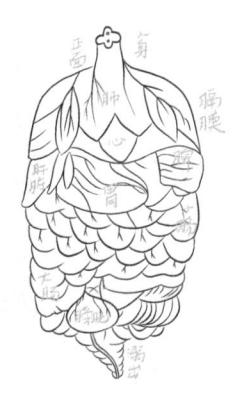

《欧希范五脏图》

而活人的脏腑的功能状态、脏腑之间的关系，才是医疗工作关注的重点。中国医学和西方医学也就此分道扬镳！

巧手封堵破裂的血管

在造影剂的填充之下，许爷爷的腹主动脉及其分支经过X光的照射，在屏幕上显示出来清晰的黑色轮廓，已经破裂的动脉瘤的形态也被勾勒了出来。在一双灵巧外科之手的操纵之下，3枚大覆膜支架通过导丝的指引，从股动脉逆行进入腹主动脉腔内，最终修补了动脉瘤区。面对着屏幕，医生目不转睛，手随心转，在方寸之间辗转腾挪，很快在3枚大支架上完成了侧支循环的"开窗"重建。"一旦临证，机触于外，巧生于内，手随心转，法从手出。"（《医宗金鉴·正骨心法要旨·手法总论》）借用这原本形容正骨手法绝妙的文句，以形

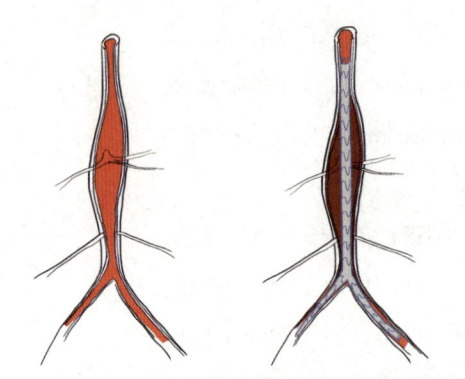

左图为动脉瘤示意图，右图为放置支架修补动脉瘤示意图

容现代西医学微创手术者的手艺,毫无违和之感。

经过一个多小时的奋战,手术完成。再次注入造影剂对腹主动脉进行显影,在X线下看到所有的支架位置良好,腹主动脉瘤已经被完全封堵,重建的侧支血管也是通畅的。医生们松了一口气。

但这并不意味着许爷爷完全脱离了生命危险!他的手术范围很大,又有高血压、冠心病、慢性肾功能不全,麻醉和手术,在救命的同时也会对机体造成很大的打击,"杀敌一千,自损八百",术中大量使用的造影剂也会使原有的肾病雪上加霜,诱发急性肾衰竭。上述任何一个环节都可能是致命的。

03

我和患者在 ICU 相遇

　　ICU 这道门，会是一扇开启新生之门，它将会阻断死神与许爷爷的纠缠，最终使许爷爷活着从这道门走出来；这道门也可能成为一扇通向死亡之门，它将会阻断许爷爷与他的亲人，短暂的分开也许会成为永恒的生死别离……

ICU，让家属毛骨悚然的地方

家属被吓哭了

手术室的大门推开了，许爷爷的子女们看到医生走来，心一直提到了嗓子眼。

麻醉医师和血管外科医生充分评估后，决定将许爷爷转入ICU加强监护治疗。"手术很顺利。破裂的动脉瘤已经被成功封堵，但是您父亲还没有脱离危险，要去ICU观察一段时间。"

子女刚刚因医生的第一句话而安放下来的心，又立刻被医生说出的"ICU"提得更高。对于他们来说，ICU是一个令人毛骨悚然的地方，生活中时不时地就会听到周围有人因为病情危重住进了ICU，住了十多天后抢救无效死亡，ICU意味着生死攸关。许爷爷的两个女儿被突如其来的"噩耗"吓哭了，在傍晚手术室外的白炽灯光照射下，她们的眼眶里闪着晶莹的泪光。

许爷爷被从手术室那扇门里推了出来，他静静地躺在窄窄的转运床上，如死去一般，一动不动，洁净的绿色消毒大单轻轻地覆盖在他瘦长的身躯之上。子女急切地要围上去喊醒父亲，以确信他还活着。他们被制止了。他们看到了插在父亲嘴里的"塑料管子"和连在管子之上的"皮球"。那分别是气管插管和简易呼吸器。"皮球"在麻醉医生手中攥着,以一分钟10～12次的速度均匀地捏着,每捏一下,许爷爷的胸廓便出现一次轻轻的起伏,放在床头的监护仪上闪烁着心率、血压和血氧。手术医生、麻醉医师、麻醉护士、家属,簇拥在转运床旁,等待电梯的来临。

许爷爷曾是一名战士,在战争年代,枪和子弹对于士兵来说是不可须臾离身的,转运许爷爷的医生们也是战士——与死神搏斗的白衣战士,他们的手中也时刻攥着"枪支弹药",他们上衣内侧的兜里,揣着一支支抽在注射器里的抢救药物——肾上腺素、麻黄素、丙泊酚……这些"弹药"随时准备发射、注入血管,赶走死神!

西药的使用便捷,更适宜于危症的急救。在没有西医西药以前,中医也曾为快速应对危症想出了一些应对之策,排在第一位的是针灸,医者随身携带针具,就地就能抢救治疗;排在第二位的是丸、散、膏、丹等中成药制剂,便于长时间储存,需要抢救给药时直接吞服或水化开后服用;也有医家将常用的抢救药物提前煎好,随时使用,但保存时间较短需要随时更新,而且只适用于诊疗机构,近代擅用附子救治危症的吴佩衡即有此习惯。吴先生后人曾亲口给我讲述,其先祖病人众多,附子使用频率亦高,每天均煎煮好附子水备急;现代的中药颗粒剂、中药注射液保存和取用方便,也为中医的危重症救治提供了极大的便利。但是中药以复方整体治疗见长,对于需要精准解决、顷刻见效的危症,仍然有不足之处。

门铃按响之后,ICU紧闭着的大门缓缓打开。映入许爷爷子女眼帘的，是一条红色的警戒线，线上醒目地写着"未经允许禁止入内"！除此之外，他们没有再窥探到里面的任何东西。家属退了出来，眼看着这一扇门再缓缓关上。

是人间地狱，还是救命的圣地？

很多人终其一生和ICU没有任何关联，对于ICU内的种种"残酷"和巨额的医疗费用却有耳闻。因为职业的缘故，我很难再从自己的视角描绘出普通大众对于ICU的恐怖印象，只好靠读者自行体味了。

ICU这道门，会是一扇开启新生之门，它将会阻断死神与许爷爷的纠缠，最终使许爷爷活着从这道门走出来；这道门也可能成为一扇通向死亡之门，它将会阻断许爷爷与他的亲人，短暂的分开也许会成为永恒的生死别离……

入住ICU之后，无论许爷爷的子女们多么牵挂父亲的病情，他们都只能在门口徘徊，独自承受内心的煎熬。探视的时间是固定的，只在每天下午的3点开始，半个小时结束，每次只能进去1名家属。为了尽可能地保持无菌环境，避免交叉感染，ICU的病人们都被隔离了起来。通过探视通道的透明的玻璃窗户，子女可以看到插满管子的父亲。而父亲只能通过电视传来的影像，看到缩小在屏幕中的子女。对讲电话可以传递彼此的声音，然而大多数情况下，电话的这头是插管、昏迷、不能发出任何声音的患者，电话的那头是亲属默默的啜泣声。

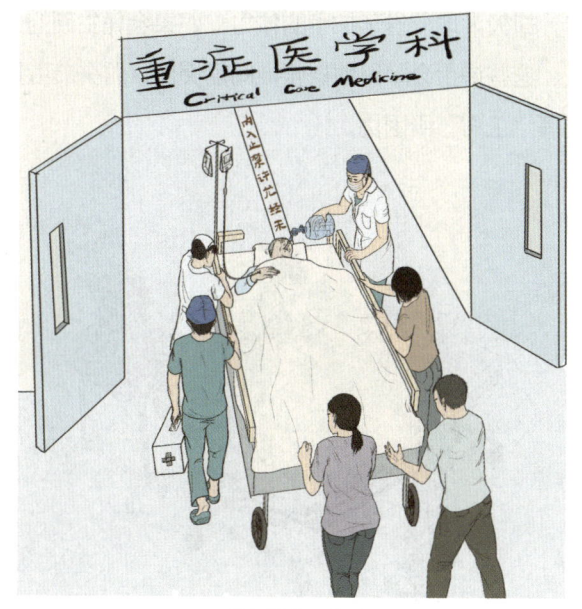

转入重症医学科

  麻醉医师将许爷爷转至 ICU 后，他们的"生命护航"任务便顺利完成。

  窄窄的转运床对接在了 ICU 整洁的病床旁边，站在转运床右侧的 3 名护士，分别将手放在许爷爷左侧的颈肩、腰骶、腘窝，一起轻轻用力。他瘦长的身躯便朝右面侧立了起来，快速查看背部皮肤的同时，一个叫作"过床板"的东西塞在了他的身下，3 双手一齐松开，许爷爷的身体便躺在了过床板之上。此刻，过床板的外套紧紧地贴着患者的身体，护士们从右侧推动患者，他便随着外套与过床板之间的摩擦滑动转移到了病床之上。不得不说，过床板是一项伟大的 ICU 发明，它虽然简单，却极大地节省了护士的体力，如果全凭生硬的力气搬运病人，这些护士会早早地被腰椎间盘突出、肘关节劳损、肌肉拉伤等"工伤"所困扰。

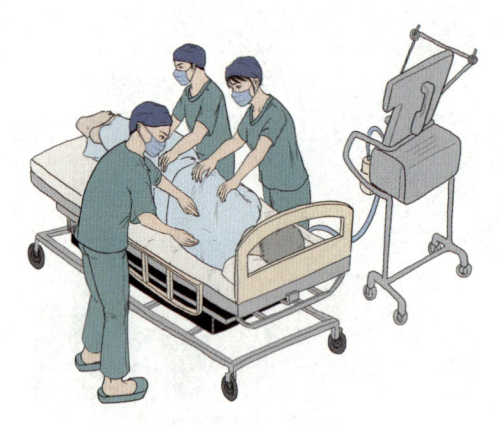

转移患者到 ICU 病床

麻醉医师连接在许爷爷身上的"生命护航"设备都要一一撤走，他的生命需要重新连接在 ICU 里的设备上。连接在气管插管上的"皮球"被拿开了，代之以 ICU 床旁的呼吸机。站在许爷爷与呼吸机之间的是负责接诊的 ICU 夜班医生，他在迅速而熟练地调节着呼吸机的参数，以确保机器的每一次"吹气"，都能使空氧混合的气体通过人工管路顺利地进入肺中，托举起这位垂危老人的生命。指脉氧夹已经夹在了许爷爷的中指之上，5 个电极片分别贴在他的两侧锁骨下、肋肋处和剑突处，安坐在生命支柱上的监护仪中，随即显示出了他生命的律动。一切看着都还平稳。

签不完的知情同意书

医生，我父亲醒了吗？

ICU 的门再次打开了，许爷爷的子女被请进门内的谈话室。3 个子女加上 ICU 夜班医生，4 个人围坐在谈话室的长桌旁，桌子上除了一沓刚刚打印出来的医疗文书之外别无他物。挂在白色墙壁上的时钟时针指向了晚上 8 点，窗外夜色渐浓，日间忙碌嘈杂的 ICU 病房，也渐渐安静了下来。那一沓文书里有病重通知书、血滤知情同意书、深静脉置管知情同意书、桡动脉穿刺知情同意书、胸外按压及电除颤知情同意书等，几乎包含了所有可能涉及的 ICU 有创抢救。

"医生，我父亲醒了吗？他还能醒过来吗？"医生还未来得及开口，小女儿已经急切地、哽咽地提出了这个所有家属都迫切想知道答案的问题。她的脸上还残留着新鲜的泪痕，她的脑海里不断地盘旋着刚刚父亲被推进 ICU 时的样子——静静地躺着，如死去一般，一动不动。

在这次 ICU 谈话之前，他们已经经历了太多次的医生谈话。他们一步步地见证父亲的生命走向垂危，他们经过了一次又一次的回想、思考、组织话语，此刻的谈话他们已经不再觉得陌生。

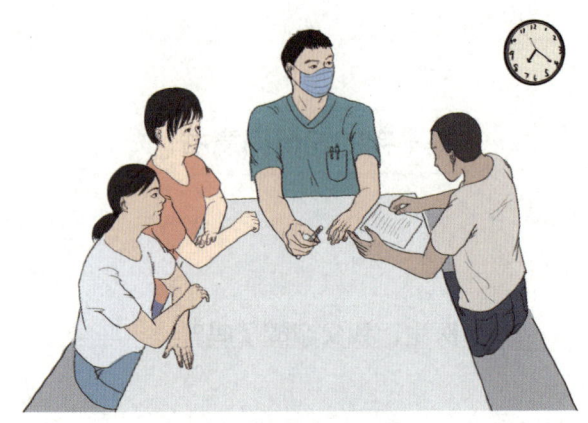

ICU 谈话

医生没有直接回答小女儿的问题。凭着多年的 ICU 医患沟通经验，他非常清楚，在面对亲人生命垂危的时候，家属们的理性已经所剩无几，他们所提出的问题，已经不再是为了得到答案，而是为了频繁地寻求安慰。他懂得在谈话中如何把握主题。如果不加选择地回答家属的每一个问题，谈话就会变得毫无效率，而且永无止境。

"这个问题，我过会儿会谈到，先听我从头讲一下您父亲的情况。"

医生说得再通俗，家属也是一头雾水

医生严肃而从容地开启了交流。

"您父亲腹主动脉瘤先兆破裂，病情危及生命，顺利完成

了手术是闯过了第一关，后续还有很多关要闯。手术在治疗疾病的同时，对人体也是一个创伤，会导致人体处于应激状态，在应激状态下，会发生很多突发事件。

"比如，破裂的动脉瘤虽被支架封堵，但是只有当假腔被血凝块完全填充，支架才能变得牢固，在变得牢固之前还会存在渗血的风险；比如，术前和术中用了很多造影剂，造影剂会加重肾脏的负担，有一部分病人会出现造影剂引起的急性肾功能衰竭，您父亲原有慢性肾脏功能不全病史，故他出现肾衰竭的概率明显增高；再如，手术的应激非常容易引起急性心血管病变，您父亲本就有冠心病，所以引起心肌梗死的风险很高。

"综上所述，您的父亲还没有脱离生命危险，只有当他从ICU平安地转了出去，才算真正脱离了生命危险。"

"医生，我还是想问我父亲什么时候能醒过来？"

许爷爷的儿子连忙发问。

"我们刚才看到他没有任何知觉，非常担心。"

儿子又补充了一句。

"您看到的是麻醉未醒的状态，一般情况下，随着麻醉药物代谢，病人都会醒来，除非发生了罕见的麻醉意外。但是醒来并不等于脱离生命危险，危及许爷爷性命的病情是我提到的出血、肾衰、心梗等问题！今晚在麻醉醒来之后，为了减轻病人的痛苦，我们也会适当给予镇静镇痛，以帮助他充分休息。"

经过和医生的谈话，家属终于似懂非懂地了解了病情，他们在医疗文书上一一签署了治疗意见和名字。我敢打赌，他们一定不太清楚自己签署的每一项治疗是干什么的,但是他们要想救活自己的父亲,除了听从医生的安排之外别无选择。

第二次高额的医疗费用

患者入住 ICU 后,医疗费用会明显高于普通病房,这是由病情决定的。因为患者生命垂危,随时有可能死亡,需要对病人的心率、血压、呼吸、血氧,进行持续的监测,一分一秒都不能间断,这便是多功能重症监护,它的费用会持续地产生。

进入 ICU 的病人大多需要使用呼吸机,这是救命的设备,只要暂停片刻,病人便会喘憋、缺氧、死亡,这个费用也在持续产生。

合并重症感染是常态,救命的抗菌药物的费用也非常昂贵,如果还要使用一些相对新的药物,这些还未纳入基本医疗保险,这些高昂的费用都需要家属自行承担。

我们说过"无监测,不治疗"。ICU 的监测设备种类繁多,每一种监测设备的使用,首先面临材料的费用。比如一套 PICCO 的管路就需要数千元,而持续的监测,仍然需要按小时计费。

如果出现了肾脏的衰竭,需要持续血滤肾脏替代治疗,每天的费用也需要几千。

这些大概的费用算下来,每天要 1 万~ 2 万元。

这里其实并未包含人工的费用，在 ICU 最辛苦的其实是护士，她们持续看护着病人，帮助失能的病人完成为了活着必须要做的所有大大小小的事情，除了常规的输液之外，还有如翻身、拍背、协助吸痰咳痰、记录尿量、收拾粪便，等等，而这些最昂贵的成本，却并没有体现在 ICU 住院的费用之中。

题外话：古代的医患交流更困难

医患关系一直存在于人类社会生活史中，现代医学的高度发达，多学科的技术知识融入临床之中，使得现代的临床医疗变成了一个庞大而复杂的体系，患者和家属完全不可能深入了解并参与其中一切。医生借用这些复杂技术，手中拿着家属也可以看得见的"证据"，解说病情，权威性便随之而生。而中国古代的医生，在救治危重症病人时，医患之间的交流远没有这么和谐。

晚清时期一位著名的医学家余听鸿，诊治本地（江苏省常熟市阁老坊）一位名叫范云亭的患者，患者在暑天得了急性传染性疾病，遍身出满了红斑，先请一位医生诊治，使用了清热解毒养阴的药物治疗（这是针对本病的常规治疗），服药五天之后，病人病情发生了变化，表现为冷汗淋漓、诊脉搏沉细，喉间痰声漉漉，气促咳嗽痰多（这是原有的基础病加重而使病情转危），并有抽风、项背反张的表现。因为病情危重，家属先后请了七个医生诊治，每个医生开的药都不太一样。家属最终请来了最有名望的医生余听鸿。

余听鸿判断病人将要"阳气脱失",治疗先要扶阳固脱,人参是必用的药物。但是"围观者"看到人参均表示摇头,这些围观者有朋友、亲戚、邻居,有时还会有参与会诊的医生,其中不乏有自认为略懂医术者;家属也表示不能接受使用人参。大家不能接受人参的原因是,病人"遍身红斑"显然是"热证"。余听鸿没有办法和他们交流,因为看病是非常专业的事情,很多学识和经验是"围观者"不能领会的,余听鸿也无法像今天的医生一样,可以拿出辅助检查报告作为医疗决策的佐证。余听鸿为了不耽误病人,打算稍作妥协,先用党参,党参力量比人参弱得多,但至少是温性的补益药物。但是"围观者"和家属连党参也拒绝使用,余听鸿只好在处方里用了北沙参。北沙参的名字里虽然也带"参"字,却是寒性的补益药物,对于病情可能没有什么帮助。

余听鸿把治疗的希望寄托在他的朋友邵聿修医生身上,因为邵聿修也是病家非常尊重的朋友,这位共同的朋友第二天就要来到常熟阁老坊。病人服用含有北沙参的药物,病情没有缓解,第二天早晨邵聿修来请余听鸿一同前往会诊。余听鸿说今天不用再看了,先服用一剂昨天的处方即可,但要用人参且加入龙骨、牡蛎,服用完了之后再去会诊。但是邵聿修还是为了"顺从人情"没有说服家属使用人参,结果病人病情继续进展,痰阻气道的症状更重了、冷汗更多、意识也几度丧失,死亡在即。家属这才同意使用人参。余听鸿一天之内连续多次使用人参,总共用了 21 克人参,病人才逐渐脱离危险。

无处安放的焦虑

许爷爷的 ICU 生命之旅就此拉开了序幕。在我们漫长的人生旅途中，我们或许"曾经跨过山和大海，也穿过人山人海"，但在快意的人生之旅中，如果忽略了对于健康和生命的珍爱，我们曾经所拥有的一切都将"飘散如烟"。ICU 是拦住生命消散的最后一道防线。

完成签字的子女们，静静地坐在 ICU 门口等候区，除了默默地为父亲祈祷，他们什么也做不了。窗外的灯火，在夜的映衬下更加明亮。

大女儿打破了沉默："我们乐观一点儿，相信父亲可以挺过来，他一辈子经历了那么多坎坷，不都安然无恙吗？何况这次只是生了一点儿小病，而且第一时间送到了最好的医院来救治。大家都不要这么低沉了，我们出去走走，找个地方吃点东西，休息一会吧！"

没有人再说话，大家只是顺从地迈开了沉重的脚步，跟在大姐的身后，离开了 ICU 这个让人焦躁难安的地方。

7 月的北京，白天燥热难耐，入夜的微风则使人惬意。他们走出了外科大楼。

当远距离观察这座高耸的大楼时，每一个窗户里都是光明如昼，可以清楚地看到里面人的一举一动。大女儿将目光投向四楼的 ICU 窗户上稍作停留便很快滑过。父亲此刻不知怎样了，她在心里默默想着。这几天她总是忍不住回想起儿时的点点滴滴，父亲伟岸的身影给了她永恒的庇护，而此刻这个伟岸的身影似乎越来越远，远得不可触及。

高大上的监护治疗

抽血化验

在许爷爷的子女走出外科楼这段时间,ICU 的夜班医生和护士们还在为了许爷爷而忙碌。医生已经从电脑上开完了医嘱,护士取来采血针依次抽血。ICU 病人的抽血已经不同于我们平时所经历的抽血体检,患者因为病情危重,身上插满了各种管子。血样直接从管路里采集,避免了每次抽血的疼痛刺激。只见护士将插在许爷爷腕部的那根管子拧开,接上注射器,便很快完成了血样的采集。

现实版悬丝诊脉——持续动脉血压监测

在插入病人体内的众多管路中,有一类是放置在血管中的。放置在血管中的管子又可以分为两类,一类是在静脉、一类是在动脉。许爷爷在术中、术后的 ICU 救治中,都需要密切而准确地监测血压,这种超高要求的监测需求,我们所熟悉的袖带血压计是不能满足的。于是,一根很软的留置针，放置在了许爷爷腕部的桡动脉处，这个部位正是中医诊脉时最常用的部位。留置针的尾巴上接了一根形似输液管但是硬质的压力监测管，其中注满了带有压力的生理盐水，桡动脉中血液的每一次搏动，都被这根管子传递到了监护仪上，经过数据的转化，便在屏幕之上显示出了持续的动脉波形和血压数值，这个技术叫作动脉血压监测，动脉血压英文缩写为 ABP。如果脑洞开得大一点儿，将压力监测管看作"丝线"，将压力管连接的终端监护仪看作中医大夫，ABP 监测不就是现实版的"悬丝诊脉"了吗？

我在 ICU 的学习过程中认识了很多西医朋友，聊到中医和诊脉，会有朋友不无玩笑地提到悬丝诊脉。大家对于悬丝诊脉的印象主要来自 1986 年版的电视剧《西游记》，剧中孙悟空为朱紫国国王悬丝诊脉以断病。吴承恩在原著中对于这段

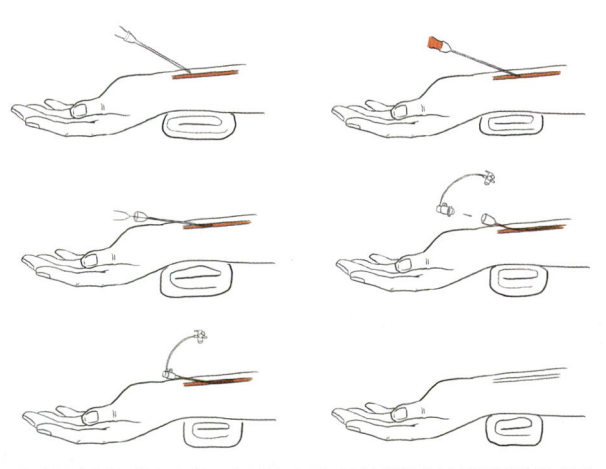

桡动脉穿刺置管示意图，穿刺完成后可连接监护仪持续监测动脉血压

悬丝诊脉的描述，是依着猴王的任性而发挥出的游戏之笔。在描写故事情节之前，吴承恩也是先一本正经地论述了医学，特别强调看病一定要"望、闻、问、切"四诊合参，没有单凭诊脉而断病的。在历史记载中，也没有发生过悬丝诊脉的事情。但是 ABP 监测的发明，将悬丝诊脉的传说向现实推进了一步，监护仪上的动脉波形，每个人均不相同，只是缺乏一种"中医的判读"而已。如果通过合理设计，采用人工智能（AI）学习 ABP 的波形，从中获取比血压值、心排血量、外周阻力更丰富的信息，用来辅助诊断，那么"悬丝诊脉"就能变成事实了！

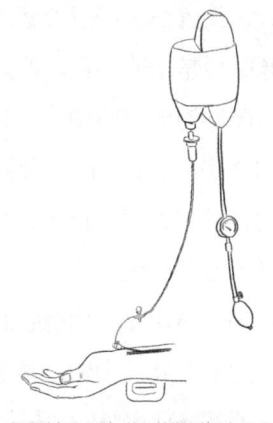

留置针及压力监测管将桡动脉中血液的搏动传递到监护仪上

快速研判化验结果，调整每一项治疗的力度

护士将采集好的许爷爷的血样本分送各处，其中有一管要放在 ICU 的血气仪上。只需抬起手柄，将装着血样的注射器对在"吸血孔"上，点击屏幕的按钮，血气仪的齿轮便开始转动发出"呲呲呲呲"的声响，血随即吸了进去，输入病人的 ID 号和吸氧浓度，点击"确认"后十秒钟左右，一张血气分析报告单就打印了出来，能使病人瞬间致命的异常检验结果，

都会呈现在这张巴掌大的纸上。血气分析,即分析心脏搏动射出的血液与肺呼吸的气之间的关系,以及血与气在周身的循环情况。血与气是人生命活动的重要物质基础,中医很早就重视血与气,并认识到"肺主气""心主血脉"。明代医学家张景岳说:

夫人之有生,无非受天地之气化耳。及其成形,虽有五行五志五脏六腑之辨,而总惟血气之用。然血无气不行,血非气不化。故经曰:血者神气也。然则血之与气,诚异名而同类,而实惟气为主。

我不得不感叹,在对"血气"的认识上,中西医学之间所体现的不约而同的生命智慧。

值班医生拿到血气分析结果之后,对于呼吸机的治疗参数、药物的输注速度和用量,开始进行微微的调整。在生命面前,任何的延误都可能造成无法挽回的败局,及早发现问题并提早干预,是最好的扼杀"致命的病情变化"的方法。护士们也在继续忙碌着,大到输液、抢救给药,小到生活细节,都需要护士来悉心完成,她们要将各种管路和线路捋顺,将枕头、床单、被子都整理得整整齐齐,避免任何一处可能造成患者皮肤硌伤的地方。经过医生和护士一个多小时的密切监测、治疗调整,监护仪上显示着稳定的生命数字,这意味着所有的治疗都达到了最佳的状态,许爷爷此刻在 ICU 先进的支持治疗下,暂时是没有生命危险的。

病人还没有尿，医生还不能睡

尿量，穷人的心输出量

时间在不知不觉中流逝，子时的钟声已经响起，整个城市早已安静了下来。医生不觉打了一个哈欠，可此时他还不能去睡。除了许爷爷，这里还有18位患者，他们也需要医生护士的时刻看护，最使医生担忧的是"尿还没有出来"。许爷爷虽然生命体征稳定了，但是"尿"还没有出来。没有尿，所以医生还不能休息！

每个人每天都要排尿，或多或少，随饮水量与出汗量而有所差异，除了被尿憋醒之外，我们恐怕不会对于"尿"有更多的关注了。但对住在 ICU 的病人来说，"尿"是一个非常重要的指标。

尿量，能提示人体内的血液容量是否充足，水喝足够了，才有尿。

尿量，能提示人体的肾脏功能，肾脏是好的，才能产生尿。

尿量，还能提示血压是否足够，也能提示心脏功能，在 ICU 中可以通过放置在动脉和深静脉中的热敏探测仪器 PICCO 导管，实时准确地监测血流动力学，提供心脏的功能状态、容量状态、血管状态等。而对于不能负担高昂的监测费用的病人，通过尿量也能大概地判断病人的一些生理状态，因此业界有了"尿量，是穷人的心输出量"的说法。

许爷爷经历了血管的重建，如果重建的血管不能很好地给肾脏供应血流，就会出现尿量的改变，他原本就有慢性肾功能不全，现在还有造影剂肾病的风险。夜班医生试探性地给了 5mg 托拉塞米——一种常用的利尿剂，大约半小时后，许爷爷排出了 100 毫升的尿液，这个反应说明患者的肾脏还是有功能的，至少今晚可以平安度过。

中医关于水液代谢的先进认识

对于尿的生成和排泄，《生理学》中围绕着肾脏解剖、肾小球分泌、肾小管重吸收等进行了详细描述，这是一个乏味的过程，而且所描述的内容已经不能满足 ICU 的临床需求。不妨借鉴古老的中医学经典著作《黄帝内经·素问》里的一段话，来看看水液代谢成尿液的完整过程：

饮入于胃，游溢精气，上输于脾，脾气散精，上归于肺，通调水道，下输膀胱……膀胱者，州都之官，津液藏焉，气化则能出矣。

这段古文涉及的解剖名词的含义，古今有别，但是从中仍能看到，尿液的生成需要很多脏器的参与，如胃、脾、肺、膀胱。转换成现代医学的语言：

"饮入于胃"，首先要有足够的液体摄入；"上输于脾，脾气散精，上归于肺"，其次要有一个功能完好的淋巴回流系统，淋巴回流在近些年的 ICU 领域日益受到关注；"通调水道，下输膀胱"，要有一个足够的心输出量；"气化则能出矣"，则有赖于通畅的泌尿系统和健全的肾脏功能。

躺在ICU的病人，生命全靠医生护士在延续

命悬一线的病人躺满了整个 ICU 病房，每一个住在 ICU 的病人的每一个昼夜，每一个昼夜里的每一小时、每一分钟、每一秒，都会有医护人员的陪伴照护。他们的生命已经失去了自主能力，全赖精密的仪器维持。每一种通过微量泵泵入的药物，都会使我想起中医药里的"细料药物"。"细料"不只在于价格昂贵，更在于它巨大的药效，所以它的用量需要被精确到毫厘之间。

ICU 中任何一个细节的忽略，都会使处在风雨飘摇中的生命之火熄灭，这些细节如：泵入"细料药物"的微量泵出现了打折，使药物突然终止输入；小到患者突然涌出的痰液阻塞了气道，氧气停止进入肺泡；小到呼吸机管路里的积水慢慢填塞，病人的呼吸会就此断掉……

微量泵示意图

尝试拔管失败

忙碌的清晨

当清晨 8 点的钟声由遥远的广场传来时,麻醉药物已经代谢殆尽的许爷爷缓缓醒来。我不能确定他是否有力量看清周围的一切,我也不能确定他的大脑是否开始了思考。我只是揣测着,这一晚上对于许爷爷来说,应该就像做了一场梦,但梦的内容他应该一点儿也记不起来。

许爷爷的子女早已在 ICU 门前等候,他们想探听到一些关于父亲的消息。他们盼望着能有穿着白大褂的人走过,这样就可以拦下他们问个究竟。

昨晚接诊许爷爷的 ICU 夜班医生,早在 3 个小时前就从床上爬了起来,他要认真查看每一个患者晨起的血气分析结果、血常规结果、生化指标(包含肝脏、肾脏、心脏、离子、营养状况)、凝血指标、感染指标,对于异常之处要迅速纠正。除了这些来自检验科的指标,还有一个通过人工记录得出的指标——出入量。

管理好身体摄入和排出的平衡

人体奇妙而精密,健康的人体总是处于入量和出量的动态平衡之中。但 ICU 的危重病人,已经丧失了这种本能,他们昏睡着,没有知觉,不会知道渴,不会知道饥饿,不会想起喝水,也不会索要食物,他们的一切都交到了医生手里。

出入量由 ICU 的护士进行记录,她们在完成医疗和生活护理任务的同时,还要书写一种叫作"特护记录"的文书,出入量的记录是其中的重点。她们每小时都要详细记录一次,入量包括冲服每一片药时打进胃管的水、输注的液体、血制品,等等;出量包括排出的尿液、粪便、痰液、汗液以及引流液,尿液会通过导尿管引流到有精确刻度的"子母尿袋"里;手术伤口的引流液,则每过一个小时需要将之倒入量杯精确测量,并记录下来;排泄的稀便则要连同护理垫一起放在天平上称重,以估算含水量;痰液和汗液需要根据常识来评估记录。在每天的下午 4 点和第二天早晨 8 点,要进行一次总入量和总出量的统计,医生也会在这两个时间点巡视所有病人的记录。对于出入量的管理,是 ICU 医生的基本功,对于危重病人,管理好了出入量不一定就能治好疾病,但如果出入量管理不好,一定会延迟疾病的治愈,甚至危及生命。

夜班医生巡视到许爷爷的床边,他的记录上显示着入量比出量多了约 1000mL。许爷爷是昨天晚上术后转入的患者,一般入科的第一天液体都要适当多补一些。他又在术中用了造影剂，需要多补液以增加尿量，好把造影剂排出体外，避免造影剂的蓄积引起肾脏的损害。这个出入量并没有引起医生太多的关注。昨天总共收治了6位患者，许爷爷是6个人之中看起来最平稳的了。巡视完病房所有的病人之后，夜班的医生就要准备8点的早交班了。

日复一日的晨会交班

ICU的晨交班正式而隆重，这是一天工作的开始，夜班的护理组长和医生要详细将病人交给下一个班，确保所有治疗方案的无缝衔接。这种"仪式"十年如一日从未间断，在循环无端的日子里，送走了一拨又一拨的病人，有的康复后快乐地出院，有的还要去普通病房过渡一段时间，有的没有钱再治下去，本着"叶落归根"的古老传统返回家乡等待死亡。

我也站在交班的队伍之中，认真地聆听着每一位患者的病情，并把关键之处快速记录在纸上。许爷爷作为一个生命体征还算平稳的病人，并没有引起我特别的关注。交班结束后开始给我们这些学习的医生"分病人"，许爷爷分给了我来管理。

从交班获得的病情信息来看，许爷爷的治疗并没有什么难度，他大概率会像许许多多术后的患者一样，等待麻醉药完全代谢掉，充分醒来，停止呼吸机，拔除气管插管。

拔管前的准备

我站在许爷爷的床头,准备按照我预想的程序开始治疗。而此时他睁着眼睛注视着我,双目炯炯有神,看来他已经完全苏醒了。我还要进行一番专业的判断,确定他醒来了。我在耳畔呼唤他的名字,他应和着点了点头,这说明他的意识是清楚的,镇静药物已经完全代谢干净;我请他用力握我的手,他也遵照着完成,这说明他的力量是足够的,麻醉中使用的肌肉松弛药物已经完全代谢干净了;呼吸机的屏幕之上,随着许爷爷的每一次胸廓起伏,流动出规律的呼吸波形,这说明他自己的呼吸运动是好的,对于呼吸有明显抑制作用的镇痛药物已经完全代谢干净。

呼吸的两项主要功能,分别是摄入氧气和呼出二氧化碳,当其中任何一项功能不能维持时,便处于呼吸衰竭的状态了。作为健康人我们几乎从没关注过自己的呼吸,不知道"呼"和"吸"的存在,而它们却须臾不可离也。也许第一次意识到呼吸的重要,是我们戏水时的闭气潜水。当胎儿离开母体的一刹那,他们的哭声向世界宣告新生命的到来。哭这种本能神奇极了,随着一声啼哭,声门打开,自然界的气体从声门涌入。在这一生啼哭之前,肺是处于皱缩状态的,在哭的时候胸廓和膈肌的运动使胸腔形成了负压(低于自然界气压),气流自然会从压力高的地方向压力低的地方流去。从此,肺开始启动,在大脑呼吸节律的支配下,永远不再停歇。对于疾病状态下无法完成呼吸功能的病人,需要使用呼吸机来辅助通气。

我将呼吸机的支持力度调到最低(吸气压力 10cmH_2O、呼气末压力 4cmH_2O、吸氧浓度 30%),所提供的吸氧浓度与空气中的氧浓度 21% 已经相差不远,同时观察着心电监护仪和呼吸机屏幕上的生命数字和波形,30 分钟后一切仍然平稳,便将呼吸机断开。此时的许爷爷,只剩下口中的气管插管,只要再观察一会儿,一切都平稳,便可以将这个关乎生命的通道——气管插管拔除了,拔除之后病人就可以很快转出 ICU。

题外话:古代医生对于气道阻塞和呼吸衰竭的认识

看着许爷爷口中的气管插管,我不禁再次想起以前的医生们,为了挽救咽喉阻塞、生命垂危的病人,所做出的努力和尝试。

开放气道除了使用气管插管、喉科擎拿术,还有手术的方式,即气管切开术。中国古代一位内外科兼通的医生,曾经观摩过传入中国的气管切开术,可惜这个手术并没有引起他的兴趣。这位医生就是我们在前文中提到过的余听鸿,目前已知保存最完整的一套外科手术器械即为余听鸿生前所用(主要用于切除皮肤软组织脓肿、咽喉口腔的脓肿),保存于上海中医药大学博物馆。余听鸿在《外证医案汇编》中记录了他的经历和思考,翻译为白话文如下:

我看到西医治疗咽喉肿胀堵塞气道导致病人不能呼吸时，会在颈部的喉管处切开一个孔，从孔处插入银管，便可在颈旁以通呼吸了。中国人对此罕见少闻，以为奇谈。我认为呼吸的根本不在于喉而在于肺，只要肺气通畅，咽喉虽然肿塞（作者按：是指咽部肿大导致不能经口呼吸，而非声门处肿塞），还有鼻子可以通气，还能坚持一二天不死。如果是肺气闭塞，鼻中也没有了呼吸（作者按：是指呼吸衰竭），即使颈部开十个孔插十根银管，也是徒劳无功。肺气的闭塞主要因为痰（作者按：指伴随着感染而来的痰黏而多，并非单纯指痰阻气道），诱发的原因或许是热邪太重，或是感受寒邪，导致肺气不开，津液布散失常，外不能润泽肌肤皮毛而成汗液，内不能滋润洒陈六腑而为尿液，皆化为痰浊，上溢于肺，肺胀叶举，呼吸不通，性命立倾。这就不是气管切开、插入银管通气所能解决的了（作者按：余听鸿所说的是肺炎合并呼吸衰竭，不只需要开放气道，还需要呼吸机辅助通气）。

　　余听鸿虽然没有气管切开的技术和呼吸机可用，但他也通过自己的智慧成功挽救了一名喉部急性肿胀导致呼吸阻塞的病人：他的一位同乡的使女得了咽喉疼痛，经医治后病情仍然没有缓解，咽喉肿胀非常严重，达到了"饮不能入，言不能出"的地步，患者出现了呼吸不利、喉中痰鸣（作者按：这是气道阻塞的表现），已经一昼夜，这是非常危险的。余听鸿见病情危重，已非内服或外用药物所能解决，目前最重要的是解除气道阻塞，他使用喉枪（作者按：一种专用的喉科刺血排脓工具）点刺咽喉肿处十余处，用筷子卷着棉条反复挤压至出血，并将血擦拭干净；又用裹着棉条的筷子刺激咽喉部催吐，使其吐出不少胶状痰；再用凉水漱口冲洗局部，最后用淡盐水漱口消毒。如此反复救治，共刺 30 多枪，催吐 3 次，共呕吐出痰血一小碗，患者危象得到解除，可以说话、可以饮水。

愤怒的病人

许爷爷嘴里保留着气管插管，所以他无法发出声音，语言对于他来说失去了意义；为了防止他把管子拔掉造成意外，他的双手已经戴上了起保护作用的手套，可是他仍要用手套去蹭口中的管子，护士不得不把他的肢体约束起来。

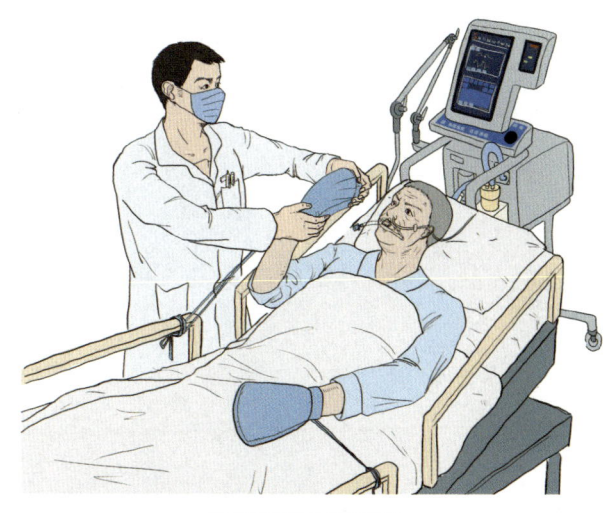

许爷爷对护士怒目相向

作为管床医生，我需要反复地安抚许爷爷，但安抚是徒劳的，无法使他变得安静。许爷爷这种情况可以视为"气管插管不耐受"，解决策略之一就是拔除气管插管，我正打算如此处理。此时，查房的教授来到了床旁，丰富的临床经验提示他，这个患者还有潜在的风险，他阻止了我的行为。他建议先镇静，让患者休息。我便委托护士，将 3mL 乳白色的"牛奶"注入了许爷爷的体内，这"牛奶"就是上文麻醉部分提到的丙泊酚，一种麻醉诱导药物，在 ICU 则被用来快速制止躁动。许爷爷很快安静了，像进入深度睡眠一样，呼吸也变得缓和极了，呼吸机再次打开，重新连接在他口中的气管插管之上。后续的故事，证实了教授临床决断的英明。

死亡悄悄地走来

血压低了

我们跟随着教授继续查房。不一会儿，护士跑来告诉我，许爷爷的血压偏低了，血压下降是推完镇静药物后最常见的反应，往往能很快回升。我到床旁复测了血压仍是90/60mmHg，再观察几分钟后，血压仍不见回升的迹象，心电监护仪上的心电示波也出现了一些变化，ST段较前压低了。心电图的结果与监护是吻合的，V1至V6导联的ST段都是明显压低的，这是心肌缺血的表现。

血压，与体温、脉搏、呼吸，共同组成了人的四大生命体征，心脏的每一次收缩泵血，赋予血液以运行的动力，被赋能的血液冲入血管系统，对于血管壁产生的压力便是血压。90/60mmHg的血压值是我们所熟知的，正常血压值中，高压的范围是90～130mmHg，低压的范围是60～90mmHg，90/60mmHg正是正常血压值的下限。许爷爷的血压为90/60mmHg，单从这个数值来看，是可以接受的，有的人终生血压偏低，这种人在正常生活的状态下，血压可能也只有90/60mmHg。但在危重病人中，血压只是我们间接判断病人脏器和组织的血流灌注情况的一个指标，相对于血压这个数值而言，脏器和组织的血流灌注是否充足，是更加重要的指标。许爷爷原是高血压患者，他平时的血压（又称"基础血压"）一定是高于130/90mmHg的，此刻的血压比他的基础血压至少降低了40mmHg，而他的心脏已经显示出缺血征象。

出于中医的诊断习惯，我诊察了许爷爷的脉象。当脉诊用于病情危重程度判断时，只需要很简单的技术即可以完成。我的右指按压在许爷爷手腕处的寸口脉上，只能感觉到一丁点儿微弱的跳动，提示许爷爷的病情非常危险。

一个健康人，他的寸口脉的跳动一定是和缓、有力的，在没有精密的设备仪器、没有先进的血流监测的古代，先哲们用了许多形象生动的比喻，以求准确地描绘出正常人的脉象，如唐代的杨玄操说正常的脉象摸起来的感觉"如初春杨柳舞风之象"，明代的张太素说正常的脉象摸起来"应指和缓，往来甚匀"，清代的周学霆说正常的脉象"不浮不沉，恰在中取；不迟不数，正好四至；欣欣然，悠悠然，洋洋然，从容柔顺，圆净分明"。病人的脉象偏离正常脉象越远，提示病情越危重。许爷爷的脉象，已在"似有似无"之间。

如果剖开皮肤肉眼直视中医所诊察的寸口脉，那只不过是一根毫无神奇之处的桡动脉血管，但在中医数千年的临床实践积累中，赋予了这"方寸的脉管跳动"太多的疾病信息。

"啪！……啪！……啪！"玻璃安瓿掰开的清脆声响，从不远处的操作间里传来，护士已经开始准备升压的药物多巴胺和扩张心脏血管的药物。装满了药物的注射器，安装在了床边的那一排微量泵系统中，一个细小的泵管，连接起注射器和许爷爷的颈外静脉置管。微量泵是一种精密的输液设备，精度可以达到 0.1mL/h。随着微量泵的启动，升压药物和扩张心血管的药物，匀速地输注入许爷爷的体内，他的血压渐渐有所回升，但是心电监护的 ST 段压低并没有改善，这不是一个好的征兆。我们需要对许爷爷的监护和治疗进行升级。

心脏罢工

目前所使用的颈外静脉输液通路，是在手术中由麻醉医师建立的。颈外静脉的位置非常表浅，患者的颈部只要一活动，就会导致输液受阻，在术中患者全身被麻醉，不会出现输液受阻。但在 ICU 里它并不是一个可靠的抢救给药通路，我们需要给许爷爷建立一个深静脉通路。就在我准备好物品开始穿刺时，许爷爷的心率发生了变化，由原来的 80 次 / 分，升至 100 次、120 次，继而 140 次 / 分，心电图机器还没来得及推到床旁，波形已经变成了快速而无序的波形——室颤，监护屏上的动脉血压数值随即消失了。这一切来得如此突然！

室颤的全称是心室颤动，从字面理解是心脏在颤动，但实际上此时的心脏已经停止了跳动，只是心脏残余的电信号，在监护屏幕上显示出了像震颤一样的无序的波形。心脏是一个永不歇止的泵，胎儿在母体里孕育一个多月时就会出现"心脏"的搏动，虽然这时还没有形成心脏的形态，但大家还是把这种搏动，称为"胎心"，这是胎儿活着的标志。从出现"胎心"开始，心脏的跳动便这样一直持续下去，它伴随着人走过四季荣枯，走过生长壮老，伴随着人的风雨一生。心脏每一次跳动，都把 50mL 含氧的新鲜血液输注到全身，它的节律是那么的巧夺天工。室颤距离心脏的电活动静止只有几分钟的时间。这意味着许爷爷已经一脚踏进了鬼门关。

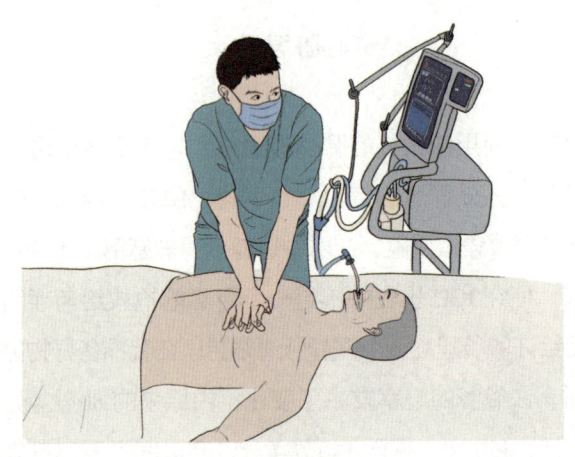

胸外按压

持续胸外按压

我将双手交叉，按压在了许爷爷的胸骨之上，使用躯体的力量带动手臂开始快速而有节律的胸外按压，同时大声地喊出——"病人室颤，立即抢救！"听到抢救召唤的医护人员立即赶来支援。

心肺复苏术的前世今生

心肺复苏的按压频率要保持在 100～120 次/分，每一次按压的深度＞5cm，每次按压的间隙，要确保胸廓充分回弹。这些要领虽然是 2020 年版的"心肺复苏指南"中强调的，但胸外按压术却已有了悠久的历史。"医圣"张仲景在他的《金匮要略》里，详细地记述了 3～4 人一组的胸外按压抢救技术，这是世界最早的胸外按压记载了：

救自缢死，旦至暮，虽已冷，必可治；暮至旦，小难也，恐此当言阴气盛故也。然夏时夜短于昼，又热，犹应可治。又云：心下若微温者，一日以上，犹可治之方。

徐徐抱解，不得截绳，上下安被卧之，一人以脚踏其两肩，手少挽其发，常弦弦勿纵之；一人以手按据胸上，数动之；一人摩捋臂胫，屈伸之。若已僵，但渐渐强屈之，并按其腹，如此一炊顷气从口出，呼吸眼开，而犹引按莫置，亦勿苦

113

劳之，须臾，可少与桂枝汤及粥清，含与之，令濡喉，渐渐能咽，及稍止，若向令两人以管吹其两耳，好，此法最善，无不活也。

如果用一张图还原抢救的场景，场景中至少要有三个抢救者，其一脚踏肩，手挽发；其二手按胸，数动之；其三摩捋屈伸胫臂。足踏肩，手挽发，可以达到开放气道的目的；手按胸，数动之与现在的胸外按压操作一样；屈伸四肢是通过改善外周循环来促进循环恢复。只是在急救情况下，往往没有那么多人手，单人心肺复苏时只能做最关键的步骤，即胸外按压了。

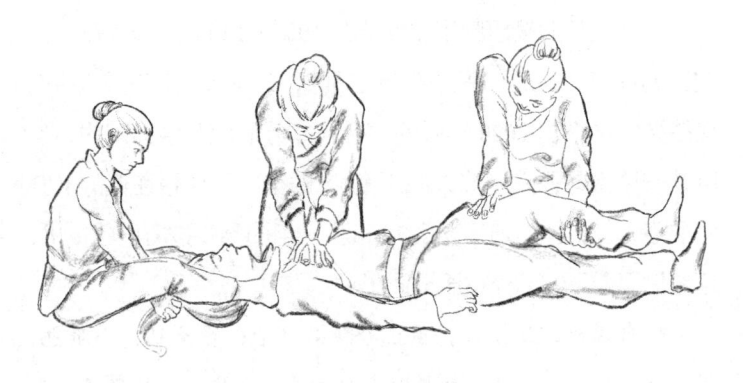

张仲景心肺复苏法

"指南"推荐的心肺复苏法是最优的，但并不是唯一的方法。以前在参加急救培训时，宣讲"急救白金十分钟"的何忠杰主任，曾播放过一些视频，其中一位溺水的少年被民警救上岸，发现心跳已经停止。民警背起少年开始小步奔跑，这是民间流传的一种急救溺水而亡的方法，大约过了十几分钟溺水少年活了过来。这大概是通过奔跑的颠簸，起到了复苏的作用。张仲景说的"并按其腹"，即除了按压胸上，还可以按压腹部，武警总医院的王立祥主任，对于腹部提压心肺复苏进行过深入研究，而且还发明了专用的按压仪器。他研究发现此法也能起到复苏作用，而且如果和胸外按压交替进行，能达到完美的协同作用。对于胸部受创，若按压可能导致严重并发症的患者，通过腹部按压具有有效的替代作用。可见，张仲景所说的"并按其腹"并不是荒诞不经的做法。

抢救，需要一个团队

随着每一次胸外按压，心电监护仪器上便出现一个动脉波形，持续不懈地有节律地按压，一个一个动脉波形便连续在了一起，组成了一条起伏有序的动脉示波，动脉血压监测也出了数值：80/50mmHg，动脉血压监测出现波形和数值提示按压是有效的，说明每一次按压均成功地替代了心脏的跳动，完成了射血功能。这些射血能满足人体最重要的器官——大脑和心脏的基本血供，为进一步全方位抢救赢得时间。

胸外按压说起来很简单，但真正操作起来是非常消耗体力的。当我们在户外遇到心脏骤停的病人，在胸外按压施救的同时，一定要寻求场外的帮助，要指定人打120急救电话，寻找会心肺复苏的人，一同交替完成心肺复苏抢救。同事们在听到抢救号令的召唤后，立刻前来帮忙，床旁的抢救小组自然而然地就建立了。这个"抢救小组"的快速形成，是在实战中形成的一种习惯和默契，那个站在病人跟前，最与病人同呼吸共心跳的人，便自然跃升为抢救的小组长，根据抢救的需要发号施令，使整个抢救变得有序而高效。

电击除颤的蜂鸣

按下心脏的"重启键"

许爷爷的动脉血压数值的跳跃,就如同风中残烛的焰火,随时就会熄灭。按压的双手稍作停歇,波形就变为了无序的室颤。除颤仪已经到位,对于这种无序的室颤波,需要使用电击除颤。电除颤是借用外来的"暴力"电流,打掉心脏所发出的无序的电活动,外来电力过后的刹那是电活动的静止期,继而期望在短暂的静止中能生发出新的、有序的电活动,这个过程类似于电脑的重新启动。

一般认为,电除颤的诞生历史是这样的:1899年,Prevost 和 Batelli 在狗身上进行心脏电生理研究时发现,低能量的电击可以诱发室颤,较高能量的电击可以逆转室颤,恢复正常节律。他们由此提出了电除颤的概念。

但是早于此二十年,中国有一位学者兼医生记载了"电气疗法治疗暴厥",其中可能蕴含了电除颤的原理。这位学者名叫毛祥麟,号对山,他的名字因《对山医话》而在医界流传。毛祥麟是上海人,他的医学造诣虽然精深,但只不过是晚年用以谋生的手艺,他的主业是诗人和山水画家。毛祥麟在同治庚午年（1870年）刻印出版了一部著作《墨余录》，书的内容十分丰富，包括政治、经济、文化教育、社会风俗等各方面的情况，涉及医学的有一条云：

> 有患暴厥及中风麻木，肢体不仁者，电能疗之。法以电线按患处，若针灸然，或蓄电于筒，令患者身贴而手按之，即取效。盖电能随人筋络，以运行骨节间，其功固甚速耳。

"暴厥"是古代中医对于突然昏厥不省人事状态的统称，这其中自然也包含了心源性的，比如心脏骤停以及骤停前的室颤。若从现代医学实际来讲，除了室颤和心脏骤停，又有哪一种昏厥适合电击呢？所以，这个模糊的记载里可能蕴含了电除颤的机制。美国先贤本杰明·富兰克林的风筝实验是于1752年6月完成的，当时人类开始认识电，并且能储存电能。1831年，法拉第建造了第一座发电机，可以人工发电。毛祥麟的记载在这些研究之后。这些科学家对电的研究，为毛祥麟的"电气疗病"打下了基础。

但毛祥麟的记载并未得到重视。1947年，一个14岁的小男孩在开胸手术过程中突然心脏骤停，胸内心脏按压45分钟后仍未出现自主心律，心外科医师Beck使用特制的胸内除颤电极，成功除颤恢复窦律。1956年，Zoll医师首次使用交流电进行体外除颤并取得成功，这是第一台真正意义上的体外除颤仪。

所有人，请离开床旁

除颤仪发出的尖锐充电警报声，穿透在场的每一个人的耳膜，持续刺激着大家紧张的神经。200J 充电完成，我将两个除颤电极板分别压在许爷爷的心尖和右侧胸骨旁，胸外按压者停下了按压，我喊出"所有人，请离开床旁"，同时按下了两个电极的放电按钮。只见许爷爷身躯一震，电流快速穿过了他的心脏，心电监护仪上的波形在极其短暂的停顿之后，又开始出现细小、杂乱、无序的室颤波形。许爷爷的心脏并没有实现重启！

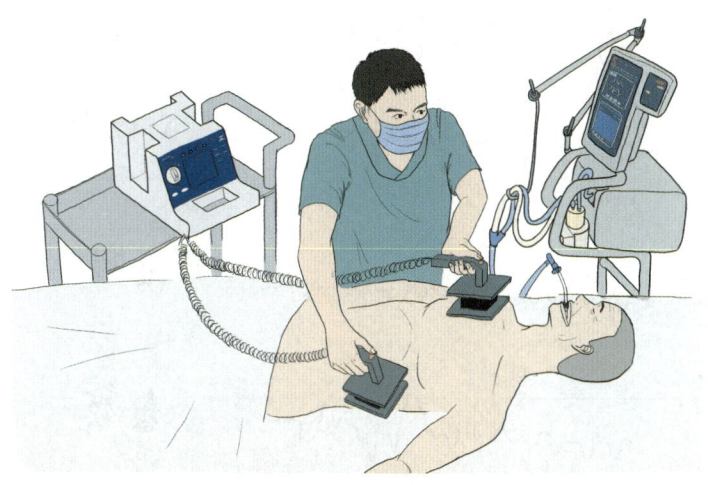

用除颤仪为许爷爷进行抢救

心电监护仪上呈现出的这种波形,在医学中叫作"细颤",细颤是不宜于再次电击除颤的,需要继续胸外按压、用药,使细颤变为粗颤再进行除颤。

"继续按压!"

"肾上腺素 1 支静推!"

作为抢救的指挥者,我再次发出抢救的号令。高质量的胸外按压需要耗费巨大的体力,实习生、研究生均参与到了抢救之中,众人轮流按压,与死神开展生命的接力赛跑。细小的汗珠从他们的额头上渗出,汇聚成滴,随着按压的起伏摇摇而坠,滴落在许爷爷的身上。大家没有流露出丝毫疲倦,这是把书上学了无数遍的救命之术,真正用在起死回生之时。

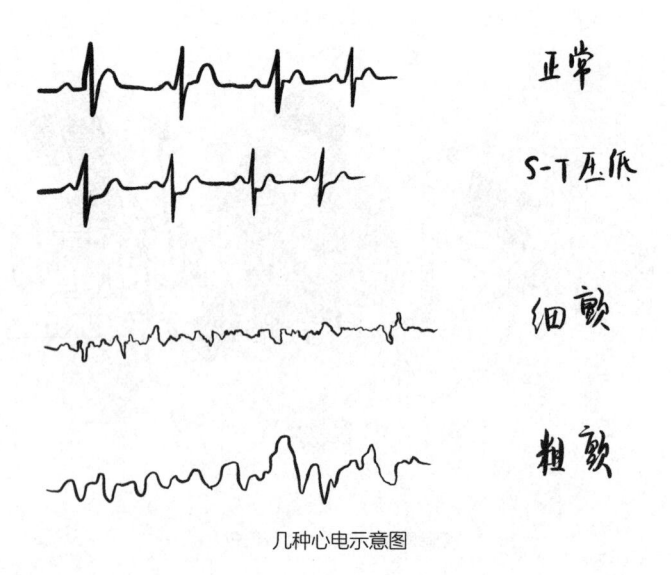

几种心电示意图

最后一线希望

经过反复多个周期的胸外按压、纠正酸中毒、推注胺碘酮、多次推注肾上腺素，终于在一次电击除颤后，许爷爷出现了自主的心脏跳动，心率在 140 次 / 分钟左右，但持续不到 2 分钟，自主心跳再次消失，变为无序的室颤。

在古代，没有这些抢救技术，病人早就死了，最接近此刻许爷爷的抢救状态的记载，见于张仲景的《伤寒论》中，那时候用的强心药物是附子。原文的记载是："少阴病，下利脉微者，与白通汤。利不止，厥逆无脉，干呕烦者，白通加猪胆汁汤主之。服汤脉暴出者死，微续者生。"白通汤中主要的药物就是附子和干姜。翻译成现代语言，还原抢救场景：

这位患者得了少阴病（一种伴随休克先兆的疾病），本就危重，仍有下利不止，而且脉象已微，很快就要出现阳脱而死。此处使用白通汤，首先要达到的目的，就是止利。如果服药后利止，则治疗较易，续温其阳，可望生还。如果服药后还是利不止，四肢还是厥冷的，连脉搏都摸不着了（心力严重衰竭），这时要在白通汤中加入猪胆汁、人尿进行抢救。如果服药后脉象缓缓出现，则病人还有生机。如果服药后，脉象突然出现很强烈的跳动，是不好的预兆，药劲过去后，便会死亡。这个"脉暴出"就像 ICU 抢救时，推注了一支肾上腺素一样的感觉，从没有脉变为突然出现几秒钟快速而有力的脉搏（速率＞120 次 / 分钟），随着药力过去，脉搏又消失了。

抢救之初抽取的血液化验已经有了结果，提示许爷爷出现了急性的心肌梗死。回顾许爷爷的整个抢救过程，他是因心肌梗死而导致心脏的收缩功能急剧下降，心脏射出的血不足以维持全身的血液灌注，出现了心源性休克、恶性心律失常。心内科、心外科和 ECMO 小组均已到达床旁会诊，大家对于诊断已经达成了一致的意见，许爷爷存在高血压和冠心病病史多年，这次动脉瘤破裂和手术是心肌梗死的重要诱因。

心肺复苏已经过去 30 分钟了，许爷爷的瞳孔已经明显散大，提示他的大脑出现了严重的缺血缺氧，血气里的乳酸值已经高达 17mmol/L。按照 ICU 的抢救经验，这种情况救活的希望已经非常渺茫。ECMO 也许是最后一线希望。

抢救仍在持续进行……

04

改写生与死的界限

刹那之间，许爷爷将要熄灭的生命之火再次熊熊燃起，看到心电监护仪上的数值变得正常，心率稳定在了70次/分钟，脉氧饱和度达到了100%。去甲肾上腺素、多巴胺、肾上腺素，这三种已经使用到最大剂量的升压药物，直接就减了下来。我们终于松了一口气！

人财两空——救，还是不救？

"魔肺"的来历

接到病危通知电话的家属也已赶到 ICU 的门口，上级医生将许爷爷的子女们请进了谈话室。18 个小时之前，他们就在这里签署的 ICU 入住知情同意书。

上级医生告诉家属，唯一能给许爷爷一线生机的，便是使用 ECMO 对他的心脏进行替代治疗。

ECMO，是 Extracorporeal Membrane Oxygenation 的缩写，汉语全称是"体外膜肺氧合"，简称"膜肺"，业内又因其强大的"起死回生"功能称之为"魔肺"，也有人把"ECMO"音译为"叶克膜"。2020 年初新冠疫情肆虐，许多垂危患者使用了 ECMO，随着媒体对危重症救治的不断报道，ECMO 也开始进入大众视野。

ECMO 的雏形是用于心脏外科手术的"体外循环机"。1953 年 5 月 6 日，美国的 John H. Gibbon Jr. 医生在费城的 Jefferson 医院完成了第一例体外循环辅助下的心脏外科手术。在手术过程中，体外循环机暂时代替了心脏的泵血功能，这一技术的使用使心脏外科手术发生了一次飞跃。但从体外循环机过渡到 ECMO 还需要很长的时间。血液一旦离开人体进入人工的管路，很容易发生凝血，机器的运转过程也会对血细胞产生损害。体外循环机器只需要在手术过程中使用几个小时即可撤离，凝血和血细胞损害的程度尚可以接受。但如果要数日甚至数十日替代病人的心脏和肺，这些问题必须得到妥善的解决。随着材料学的突破和抗凝技术的改良，最终体外循环机向 ECMO 的过渡得以实现。2009 年甲型 H1N1 流感肆虐全球，ECMO 开始广泛应用于重症流感呼吸衰竭的患者，对他们的肺脏进行替代治疗，等到患者肺部病灶吸收，肺功能恢复到足以满足身体需要时，再撤掉 ECMO。因为 ECMO 的使用，挽救了许多重症流感患者，ECMO 技术也开始在我国崭露头角。

"魔肺"不是万能的

ECMO 有明确的适应证和禁忌证，与许爷爷最相关的是以下两条：

第一是年龄。年龄大于 70 岁是 ECMO 的一个相对的禁忌证，对于年龄超过 70 岁的患者，是不建议使用 ECMO 的，这是考虑到医疗救治性价比的问题，ECMO 费用昂贵，一旦出现并发症是致命的，70 岁已经接近自然寿命，所以不再积极地建议使用 ECMO。许爷爷已经 68 岁了，他已经接近了这个"禁忌的年龄"。

第二是原发病是否可以逆转。截止到各科医生与家属谈话，抢救已经持续了 1 个小时，持续的胸外按压虽然能提供一些氧供，但作用是有限的，大脑完全缺氧 4～6 分钟便会出现不可逆的细胞损伤。许爷爷的大脑缺血缺氧损伤已经非常严重，瞳孔散大即是脑严重缺氧的重要征象，也是我们判断病人"临床死亡"的一个重要指标。许爷爷走向脑死亡也许只是时间的问题。即使使用 ECMO 替代了他的心脏，经过一段时间的治疗，心脏恢复了，但如果大脑因严重缺氧而无法恢复，治疗便失去了意义。治疗决策陷入了困境。

"针对您父亲的抢救，已经持续 1 个小时了，目前还在抢救中。一般来说，心肺复苏超过半个小时还无效，生还的希望就非常渺茫了。"

"从病情来看，是原本就有冠心病，因动脉瘤破裂和手术应激诱发了心肌梗死，心源性休克。"

许爷爷的子女听得似懂非懂，但这并不妨碍他们理解父亲的处境，他们敬爱的父亲已经死了，只是在现代医疗的抢救之下强行保留了生命体征。听完医生的陈述，已经有家属号啕大哭，但是哭并不能解决问题，总要有人放下强烈的悲痛，承担下来这迫在眉睫的决策任务。

大姐站了出来："医生，作为子女，我们希望您再尽力挽救，不惜一切代价！"

"上 ECMO 也许可以带来一线生机，这是目前最先进的救命技术了。但是，请理解，只是一线生机！不是上了 ECMO 就一定能救活。"

病人上了 ECMO 会怎样，国内开展 ECMO 的权威教授侯晓彤分享过一个故事：

ECMO最神奇的就是，在病人快死时，大家都束手无策，但ECMO还能把一部分病人挽救回来。刚开始做ECMO时，我还是一个年轻大夫，记得我第一次参加的ECMO培训，当时是台湾的柯文哲教授来给我们培训，他有一句话我记得特别深刻，他说"做多了你会变成上帝的"。

当时我并不理解，但后来我做得多了，每次上机器时，同事们都会问我：这个人能活吗？就像押宝一样，因为我做得最多，所以我判断得最准。直到有一次，我们抢救一个病人，心脏按压了2个小时，外科大夫找我们安装ECMO，我拒绝了，这样的病人肯定活不了。后来他们主任把我叫去了，说咱们还是努力一下吧。安上去后，别人又问我，我说肯定是活不了。结果第二天这个病人醒了。第四天ECMO撤了，人活了。

我立刻有一个感觉，决定是否安装ECMO，可能使我们真的慢慢变成上帝了。如果我们决定不安，这个人必死无疑，可是这个我认为即使安了也活不了的病人确实活了！上帝知道这人能不能活下来，而我不知道。这让我以后特别谨慎，每个病人只要有一定的指征，我就尽量给他安上，因为我们不知道他是不是能活下来的那个。

医生告知了家属最终极的治疗手段，同时也将ECMO存在的风险和最坏的结果告知了家属。家属毫不犹豫地同意了ECMO治疗，这极大地鼓励了医生，大家愿意为之拼力一试。

许爷爷的子女还有许多想与医生说的话，但他们深知，此刻多说的任何一句话，都是在延误医生的抢救，加速父亲的死亡。

他们目前唯一能做的就是快速完成签字、补交医疗费用。巨额的医疗费用支撑着 ICU 高精尖救治设备的运转，延续着患者的生命，这个时候真是"用钱来买命"！

第三次高额的医疗费用

就目前的医疗状况而言，ECMO 是 ICU 最贵的生命支持治疗，只要启动设备，一套管路的费用便达数万，而每天运行的费用也得以万计算。

ECMO 所用管路的高额费用，也源自技术尚不能自主，比如 ECMO 的管路中，"膜肺"的那个膜——氧交换的地方——相当于人的肺，至今尚未实现国产化，仍然依赖进口。

成人的肺的每一个肺泡都铺开，拼接在一起，面积高达 100 平方米，而一个标准篮球场的面积是 420 平方米，肺的气血交换面积达到了 1/4 篮球场的面积。ECMO 也要模仿肺的这个生理特点，ECMO 的"膜"（膜式氧合器）里面，装着数千根直径只有 0.01mm 的中空的气体交换膜管，此时的交换膜与血液的接触面积可达到 1~3 平方米。因此，"膜"的制造技术含量非常高。

ECMO 使用的时间越长，花费越多，出现并发症的概率也在显著增高，而治疗并发症又会产生新的费用，此时医疗费用便如滚雪球一般，越滚越大。

2023 年 8 月 9 日一篇《ECMO 世界纪录——605 天》的公众号文章在圈内流传开来（原文 *Recovery from Total Acute*

Lung Failure After 20 Months of Extracorporeal Life Support，发表于 2020 年），这是目前使用 ECMO 时间最长的一个病人，病人是一位 7 岁的儿童，因为吸入性烧伤收入美国霍普金斯大学 PICU（儿童 ICU），其间经历过重度烧伤、呼吸衰竭、清创时心跳骤停、心肺复苏、心源性休克、多脏器衰竭等，这位不幸的儿童患者，先后使用了 7 天 VA-ECMO 支持、54 天 VV-ECMO 支持、359 天 Oxy-RVAD（RV 机械辅助装置和氧合器）支持、132 天儿童版的 Oxy-RVAD 支持、53 天的体外二氧化碳清除（ECCO$_2$R）支持，最终成功撤离了体外支持设备生还。在文章的讨论部分，作者不无深情地说：

"这位患儿奇迹般康复的结局，引发了关于医疗资源利用和科技应用的严肃讨论。正如在 50 年前肾衰竭患者面对规律透析的医疗建议，20 年前终末期心衰患者需考虑安装人工心脏，便谈虎色变一样，但这两个例子，在今天看来更像是一个光明寓言。"

这位 7 岁患儿的医疗事迹已经是一个奇迹，她的医疗费用想必已经不是仅靠一个家庭来支付了。目前，我国仅河南省实现了 ECMO 的医保报销，其他地区仍然需要家属承担所有的 ECMO 相关费用。

许爷爷此刻启动 ECMO 的主要原因是心脏不行了，心源性休克状态，所要使用的模式即这位 7 岁儿童的第一阶段 ECMO 模式——VA-ECMO，这个模式一般一周左右即可撤离，不会使用太长时间。因此，许爷爷的第三次高昂医疗费用，虽然来得迅猛，但也很容易就看到了头。

ECMO "战车"推到了床旁

病房中的抢救激烈地进行着，许爷爷的情况变得更加糟糕，他的瞳孔已经完全散大，只有呼吸机上显示出的自主呼吸提示着我们，许爷爷的大脑还在顽强而艰难地活着。ECMO"战车"已经推到了许爷爷的床旁。

战车，是一个形象的称谓，ECMO的战车是指可以快速转运至抢救现场的ECMO全套设备。推车上会有一张详细的清单，清单上面详细地记录"战车"里物品以及物品的有效日期，会安排专人定期核对"战车"里的物品，替换掉将要到期的物品，确保"战车"随时都在"战备状态"。"战车"中主要包含ECMO机器、ECMO管路、无菌的手术包（含无菌单、手术衣、手术器械）等。在使用ECMO较频繁的医疗机构，ECMO"战车"里会放置一套预充好的管路，这样可以节省预充管路的时间，提高抢救效率。

ECMO需要一个团队

ECMO小组开始分工行动，小组中有连接管路准备预充的，有拿着超声评估血管准备切开的，有打开手术包准备手术器械的……在没有ECMO的年代，在没有ECMO条件的医疗机构，许爷爷的状态已经等于临床死亡，只要家属同意停止无效的抢救，便是生命的终结。ECMO 的出现，改写了生与死的界限。

在 ECMO 预充准备期间，有两项有创的抢救操作需要完成：放置深静脉（又称大静脉）导管和放置 IABP。前者是 ICU 医生必备的基本技能之一。人体的血管就像河道，有大有小，静脉血管最终汇集于心脏。一般输液时，都是由护士们在手背的浅静脉扎一个很小的针，输完液再拔掉，如果住院需要输几天液，则由护士在手腕附近或者肘部留置一个输液针（称为留置针）。这两种静脉通路在 ICU 危重病人的抢救中是不够用的，它很容易出现打折堵塞，在抢救时不能实现快速、大量给药，也不能用于输注对血管和组织有刺激性的药物，如升压药物、静脉营养液等。

深静脉置管——开通抢救给药的高速路

此时急需建立深静脉通路，如同开通一条可供多车并行的高速公路，所有的药物便可以由此快速输送至全身。现在由我负责完成深静脉置管，我站在了许爷爷的床头，换上无菌手术衣准备开始操作。

经典的颈内静脉穿刺置管操作，是左指摸到搏动的颈动脉，右手持针穿刺进紧邻着动脉的颈内静脉。可是此刻的许爷爷动脉搏动已经消失，为了快速、准确地完成操作，我选择了使用超声引导下穿刺，这能最大程度地避免穿刺失败和穿刺并发症。许爷爷的颈内静脉在超声之下清晰地显影，它黑暗的色调，与刺入血管腔内白得发亮的穿刺针形成了鲜明的对比。从穿刺针的尾部放入导丝，退出穿刺针后，将扩皮器顺着导丝将皮肤和皮下软组织扩出一个隧道，撤出扩皮器，将导管顺着导丝穿过皮肤组织进入血管，在皮肤缝合固定，就完成了操作。

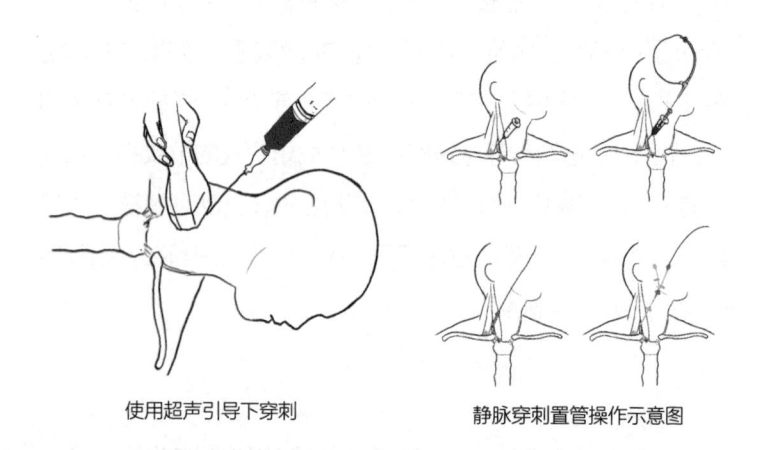

使用超声引导下穿刺　　　　静脉穿刺置管操作示意图

"知为针者，信其左；不知为针者，信其右"是中医经典著作《难经》里的一句话，翻译成现代文字是，精通针刺治疗的医生更加重视揣按穴位进行针刺点定位的左手，不精通的医生只重视持针刺入穴位的右手。这句话引入深静脉置管操作也很适用。西医在描述深静脉置管操作过程时，很注重解剖位置的描述，从不描述左右手之间的配合问题，但决定穿刺成功与否，决定穿刺技术高低的，恰恰是触摸动脉搏动的左手。当左手三指按压在搏动的动脉之上，三个对齐的指尖之下恰好覆盖着动脉，三个指尖的连线即为动脉的走行路线，也即所要穿刺的深静脉的走行路线，右手持穿刺针顺着静脉走行路线斜刺进针，就很容易穿刺成功。当患者体形肥胖，腹壁组织下垂时，腹股沟横纹也会随之下垂，我们穿刺股静脉时就不能再按照腹股沟横纹选取穿刺点，而是要充分发挥左手的"揣穴"功能，触摸到隐藏在组织之下的腹股沟韧带，以韧带的位置为准选取穿刺点。

先给心脏一根拐杖——放置 IABP

当我在完成颈内静脉置管的时候，ECMO 小组的医生已经在许爷爷的一侧股动脉处完成了 IABP 穿刺。医生要从股动脉的穿刺点送入一根柔软的导丝，直达许爷爷的主动脉腔内，然后顺着导丝将一个长条形状的、皱缩状态的球囊送入主动脉腔内，球囊连接好 IABP 机器，便开始随着设置的节律规律地充气、放气，充气状态的球囊长度约 30cm，形状就像一根大棒冰，上端在左锁骨下动脉开口附近，下端在肾动脉开口附近。它所起的作用有两个，一个是在心脏收缩射血

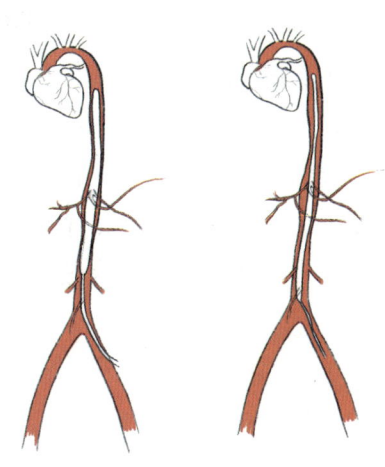

IABP 充气与放气示意图

进入主动脉时，通过放气形成局部负压，减轻心脏射血的阻力；另一个是心脏舒张时球囊充气，使主动脉弓里的血更多地进入冠状动脉，以改善心脏供血。

IABP 在心血管重症领域的应用较为广泛，主要用于心肌梗死患者冠脉介入治疗的前后，它的操作相对简便迅捷，能对心脏提供一定的辅助，帮助病人渡过难关。随着介入开通冠脉治疗后，心肌细胞的功能逐渐恢复，病人的心力衰竭就会逐渐改善，IABP 就可以顺利撤离了。随着医疗水平的提升，综合 ICU 救治的危重症越来越复杂，IABP 也逐渐在非心脏专科的重症医学病房内被应用。

一般认为 IABP 可以替代 15% 的心脏功能，而 ECMO 则能 100% 替代心脏功能；此时许爷爷的心脏显然需要 100% 的功能替代，为什么要先放置 IABP 呢？这是因为放置 ECMO 的过程耗时较长，在最熟练、最顺利的情况下，预充管路和切开血管放置管路同时进行，也得需要 30 分钟左右，但 IABP 在 10 分钟内就能完成。时间就是生命，抢救要分秒必争！IABP 一经启动，许爷爷的自主心跳便可以维持了，不再反复地出现室颤，心电监护仪上显示出了微弱的生命体征：心率 140 次 / 分钟，血氧 80%，血压 70/40 mmHg，这一丝生命的火光，仍如风中的残烛，晃晃悠悠的火苗随时都会熄灭。

全面向死神反击——启动"魔肺"

ECMO 的置管已经开始……

无影灯下,许爷爷的皮肤被手术刀轻轻地划开,助手用拉钩将皮肤撑开一块区域,饱含鲜血的组织被一层层地分离,渗出的血液很快蓄满了手术区域,刺刺作响的吸引器快速将血吸走,视野清晰了起来,左股动脉和左股静脉两根血管清晰地暴露了出来。ECMO 术者在大家的围观直视下,熟练地将 ECMO 的静脉引血管和动脉回血管放置于股静脉和股动脉中,引血管连接好 ECMO 的管路,松开管钳,血液便随着 ECMO 离心泵的转动而循环了起来。

随着 ECMO 在临床的广泛应用,越来越多的 ICU 医生感觉到了手术切开放置 ECMO 管路的不便,大多数 ICU 医生没有血管外科背景和手术资质,如果每一个急需 ECMO 抢救的病人都要请外科协助,会耽误掉宝贵的抢救时间。经过材料的改良,现在已经可以轻松实现经皮穿刺置管,在 ICU 随手可及的超声机器的辅助之下,穿刺的成功率进一步提升。

只见暗红色缺氧的血液由许爷爷的左侧股静脉导管引入膜肺,经氧合之后变成了鲜红色的动脉血,再经由左侧股动脉导管回输进许爷爷的主动脉内。ECMO 的血流量设定到了 5 升 / 分,许爷爷的心脏完全被替代了,他的心脏太需要休息了;

ECMO 的氧浓度设置到了 100%，我们要快速偿还掉许爷爷的脏器和组织因为缺氧所欠下的"债务"，简称"氧债"。

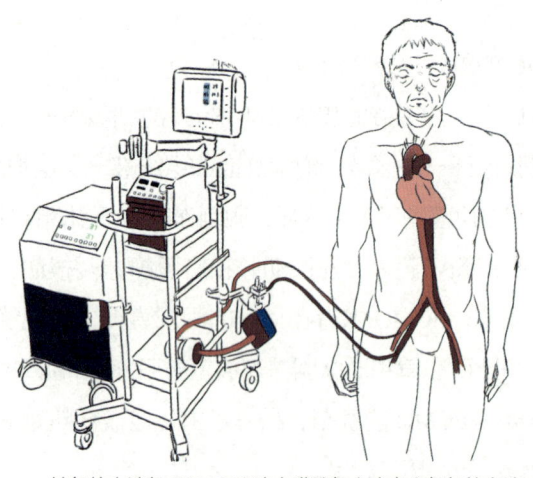

缺氧的血液经 ECMO 环路中膜肺氧合成富含氧气的血液

刹那之间，许爷爷将要熄灭的生命之火再次熊熊燃起，眼看着心电监护仪上的数值变得正常，心率稳定在了 70 次／分，脉氧饱和度达到了 100%。去甲肾上腺素、多巴胺、肾上腺素，这三种已经使用到最大剂量的升压药物，直接就减了下来。我们终于松了一口气！

多学科会诊——生命面前没有标准答案

许爷爷的生命体征暂时稳住了，多学科的协作抢救顺利完成了第一步。此刻各科的医生们终于可以获得片刻休憩，大家坐在会议室里，就许爷爷的下一步治疗交换着意见。ICU 作为重病患者的集散地，多学科协作抢救每天都在上演，会诊讨论在热烈地进行着。

科学性，是医学的重要属性，但并不是医学所有的属性，医学充满了不确定性，并不像家属设想的那样，一切都能说得清楚明白，家属通常想知道的答案，治疗几天能治好，在垂危的病人身上，医生自己都很难下定论。因此，才有了多学科会诊，以集思广益，为挽救生命探索各种可能性。

血管外科主任率先做了发言。他们科室是许爷爷的首个接诊科室，"首诊负责"是医院医疗管理的一项重要原则，血管外科既然给病人做了手术，他们就要始终对许爷爷的安危负责。但这位主任此刻并没有太大的心理压力，因为手术是非常成功的，支架放得很好，这一点他们很有把握。

主任以寒暄开场："辛苦各位同道的抢救，患者术后出现室颤，如果没有大家的全力抢救，病人早就没了。现在的问题是，在 IABP、ECMO、呼吸机这些高级治疗仪器的生命支持之下患者暂时活了下来，但他的未来会怎样，又该如何告知家属患者的预后呢？这是超出我们血管外科医生的专业范畴的，希望听取大家的专业意见。"

"从 ICU 的角度来看,患者病情非常危重,现在在各种生命支持下,生命体征趋于稳定,但是他的瞳孔都已经散大及边,这是我们判断临床死亡的主要依据之一,说明大脑及全身脏器缺血缺氧非常严重了,预后很不乐观,此刻我们也应该客观如实地告知家属最坏的结局。"ICU 作为救治患者的主战场,这个问题是责无旁贷的。病人此刻躺在 ICU 里,他的预后和转归与 ICU 息息相关。

ECMO 团队的医生提出了不同的看法:"这位患者救治成功的可能性很大!"

听到这个振奋人心的回答,大家把目光投向了发言的医生,这位医生是在座中看起来最年轻的一位,但他毕业于国内最顶尖的 ECMO 中心,对于 ECMO 辅助下的危重症救治具有丰富的经验。他列举了一系列证据支持自己的观点。

"这次抢救是在 ICU 内进行的,持续的动脉血压监测下进行的胸外按压,质量一定是非常高的。这个按压会提供给脏器基本的血流供应,也就是说在 1 个小时的复苏过程中,患者的脏器是有供血的。

"而患者又是在气管插管、镇静镇痛的状态下发生的室颤和心跳停止,在镇静镇痛状态下,大脑组织对缺血缺氧的耐受程度会明显提升。

"瞳孔虽然散大及边,但他的自主呼吸还是存在的,说明他的大脑还没有死亡。神经外科在判断严重脑损伤病人是否还有手术意义时,也看是否存在自主呼吸,基本不考虑瞳孔散大的问题。"

这位年轻医生的自信不只来自丰富的临床经验，也有临床研究的数据支撑。心肺复苏简称 CPR（Cardiopulmonary Resuscitation），ECMO 辅助下的心肺复苏简称 ECPR。2008 年，顶级医学杂志《柳叶刀》发表了一项研究成果，回答了 ECPR 与传统 CPR 相比到底有什么优势的问题。这项研究用三年时间完成，纳入研究的患者都是接受心肺复苏 10 分钟以上的，其中接受了传统 CPR 的患者 113 例，接受了 ECPR 的患者 59 例。结果发现接受 ECPR 的患者近期生存率和长期生存率、生活质量，明显高于传统的 CPR 患者组。[1]

当大家都在细细思量这位年轻医生的独到见解时，他又指出了治疗的关键环节——ECMO 辅助下的经皮冠状动脉介入治疗！

"目前最重要的是解决根源问题。患者在室颤之前出现了心电图改变、心肌酶的升高，说明存在新发的心肌梗死，由于心梗诱发的室颤，这就需要心内科介入，立即开通阻塞的冠脉。患者在 ECMO 的支持下，生命是有保障的，可以提供足够的时间完成'经皮冠状动脉介入治疗'（Percutaneous Coronary Intervention，PCI），这也是我们放置 ECMO 的意义所在。"

话音刚落，所有人的目光聚集在了心内科的医生身上。

---

[1] Yih-Sharng Chen*, Jou-Wei Lin*, Hsi-Yu Yu 等，Cardiopulmonary resuscitation with assisted extracorporeal life-support versus conventional cardiopulmonary resuscitation in adults with in-hospital cardiac arrest: an observational study and propensity analysis，*Lancet* 2008；372：554-61，Published Online July 7, 2008 DOI: 10.1016/S0140-6736（08）60958-7。

患者心肌梗死到现在只有 3 个小时，还在治疗的时间窗内。从心血管科的治疗常规来看，及时进行 PCI 手术，还可以挽救缺血而尚未坏死的心肌，最大程度地保留患者的心脏功能。

PCI 手术是经股动脉或桡动脉放置一个细而长的导管，导管沿着动脉一路逆行，至主动脉瓣附近的冠状动脉开口处时，凭借高超的手术技巧，使导管进入冠状动脉腔内，向腔内快速推注造影剂后，便可以在 X 线下显示出完整的冠状动脉走行，狭窄和闭塞的地方因为造影剂通过较少，而被对比出来。在狭窄或急性闭塞的地方放进去一枚支架，便开通了血管，挽救了缺血的心肌。PCI 技术已经非常成熟，每年挽救大量的心梗病人的生命。

大家都期待着心内科医生的画龙点睛之笔，一枚小小的支架或许就能彻底改变许爷爷的命运。可是，心内科医生并没有认同这个方案，他提出了自己的见解：

"综合患者的种种情况不宜立即进行 PCI，建议先进行目前的支持治疗，很重要的一点是输血治疗，把血红蛋白补充到 100g/L 以上，这也是 ECMO 所需要的。"

这位医生并非不近人情，也不是"事不关己高高挂起"，他这么说自有他的道理。

"患者虽然有心肌酶的升高、室颤，但他的心电图并没有明确的 ST 段的抬高，所以此次抢救事件，更像是贫血导致的急性冠脉综合征，而并非真的有冠脉的急性闭塞。"

心内科医生的发言，给各位燃起希望的医生泼了满满一瓢凉水。无论其他医生如何力主进行 PCI 手术，心内科医生始终没有同意。这次多学科会诊讨论就这样不欢而散。

西医学给我们的印象是客观、严谨、近乎死板,但实际上并不是这样。医学具有科学属性,但又不是完全的科学,医学的对象是人,人是复杂的,有太多不确定的因素,并不是所有的问题都能研究得很清楚。各学科的协作抢救也正是为了弥补彼此对疾病认识的缺陷,在不同角度的争议中权衡利弊,最终使患者获得最大的收益。

题外话:古代的"多学科会诊"

这种精彩的会诊在古代社会中也常常出现。明清之际社会文明较前越来越发达,医疗也随之进步,富贵之家经常会同时请来多位知名的医生诊治,但是这个会诊完全谈不上多学科会诊。因为以今天的眼光来看大家都是中医大夫,那时的医疗手段也比较单一,主要的治疗就是一碗汤药,会诊的医生争来争去,也就在于这一张处方里的几味药到底应该怎么开。但这些争论也是为了能让患者得到最恰当的治疗。这里引用一个明代著名医家喻嘉言参与会诊的医案,以见当时会诊场面之激烈:

一位叫黄长人的患者得了伤寒(感染性疾病)没有就诊吃药而是等待自愈,过了几天发热退了但病没有好,大约2周时病人突然变得昏沉(意识改变)、浑身战栗(类似菌血症之寒战)、手足如冰(休克)。因病情危急,家属都很慌乱,两个家属分别请了医生给患者看病。因喻嘉言是后到的,当他到时,那个先来的医生已经开好了参附汤一类的温阳固脱的药物,喻嘉言连忙制止,再三地同这位医生详细分析病人的病情,指出不应该用温阳固脱药物而应该用大剂量清热药物。但是喻嘉言的诊治意见始终没有被这位医生接受,而家属也普遍认可这位医生的诊治意见。清热和温阳是截然相反的治疗,一旦治反了病人会很快死亡。人命关天绝非儿戏,为了不使患者接受有害的治疗,喻嘉言不得不使用非常规的方法争取治疗的主动权,他对那位医生说:"这个药一旦喝进去了,生死立判,关系重大。我打算与你各自签下医疗责任书,如果病人服用你的药死了由你承担后果,如果病人服用我的药死了由我承担后果。"老医生被这阵势吓到了,说:"我治疗伤寒病30多年,不知道啥叫签署医疗责任书。"于是,老医生不再敢标榜自己的诊治无误。喻嘉言这才实现了自己的治疗目的,他给患者使用了清热泻下的调胃承气汤,服用之后患者很快就开始好转,首先表现为手足转温了,人也渐渐醒了过来,老医生这才灰头土脸地离开了病人家。喻嘉言又使用了大柴胡汤善后,病人终被治愈。

断生死,一种医生和家属都渴望拥有的能力

给许爷爷会诊的医生的意见都被详细记录在案,对于达成共识的治疗意见,都在有条不紊地开始实施。此外,还有一

项非常重要的任务,是给病人的家属一个交代。对于医学毫无认知而又极度担忧的亲属们,需要医护人员的耐心讲解,更需要心灵的抚慰。这次和家属的交流,由级别最高的教授负责完成。

"对于您父亲的抢救,我们目前已经尽了当今医学所能做的最大努力,后续能不能醒来,能恢复到什么程度,都是未知的。生命相托,永不言弃,我们会全力以赴!"

教授说得如此诚恳,家属表示非常理解,但谈话并没有帮家属解开内心深处的疑问:父亲到底能不能活过来?家属对于患者生命的焦虑,同样也是医生的焦虑。每个医生都想拥有未卜先知、准确判断生死的能力,但这种能力真的是可望而不可即的。

改编自叶广芩小说的电影《黄连·厚朴》,刻画了一位准确断人死期的医生:小说中的这位龚老爷子,住在离前清太医院不远的南锣鼓巷,祖上几代都在太医院任职,他也继承祖业一生行医,现在年近九旬,摒弃一切外务专心居家颐养天年。一天,龚老爷子的女婿带着一位富商朋友前来请脉,老爷子凝神静气诊脉良久,最终得出的结论是"回家准备后事""死期在七日后凌晨一点"。富商觉得自己生龙活虎,老爷子简直是在同他开玩笑。为了缓解尴尬的气氛,富商便要赌七日后不死,则请老爷子去吃东来顺。老爷子只是闭目捻须,淡淡地说了句"不必了,吃不上了"。在第七天的时候,富商还活得挺好,为了保险起见住进了医院,但最终还是在龚老爷子说的时间突然死亡,小说给出的死因是心肌梗死。

类似于小说中的"断死期"的事情，以前在民间常有流传，但总是近于传说的性质。在没有强有力的医疗干预的时代，疾病还能呈现出它的自然病程，某些情况下判断"死期"或可实现，现在已经很少听说这类传奇事迹了。《黄连·厚朴》中的故事发生在心脏介入手术成熟普及之前，那时心肺复苏术和生命支持也谈不上，以今日的医疗水平来看，这个患者似乎没有必死的道理。现在的医疗早已改写了以前的生死界限，医生对于患者预后的准确判断，也只能是一个遥远的理想。医疗虽然为了一个好的结果，但医生唯一能做的便是抱着客观且积极的心态，认真地走完救治的过程，从而祈盼一个好的结局。

把每一个医疗细节做到极致

前文已经提到过，躺在 ICU 的病人，命已经交给了医生，性命相托，此之谓也。要想让生命延续，除了做好大的医疗决策之外，每一个医疗细节也要做到极致，这是危重病人能生还的关键。

还记得我曾经收治了一个从外地转来的多发伤患者。患者在当地救治半个月以后，全身状态越来越差，发热不退，出现了细菌的耐药，使用了多种抗生素仍然难以控制感染，并出现了原因不明的黄疸。转来治疗了半个多月，病人逐渐好了起来。查房时主任提问大家："这个病人为什么在当地越治越重，到我们这儿就逐渐好起来了，我们对他做了什么？"我实在地回答说："我们好像什么也没有做。"这个答案有些调侃，出乎意料的是主任非常满意，并引申道：

"ICU 医生就应该什么都没有做，病人就一天天好起来了。"

但是我们真的什么都没有做吗？医生每天在给病人认真地换药，给病人营养支持、纠正各种失衡，护士们每天都在给病人精心地护理，拍背、吸痰、精细管控容量的平衡，这些就是我们 ICU 琐碎的日常，看似没有什么惊天动地的大作为，就这样一点一滴地病人就好了起来，这正是 ICU 治疗的精髓。ICU 不是总在抢救，弄得鸡飞狗跳的，ICU 就应该是安安静静的，润物无声的，病人就逐渐康复了。

细细想来，这一点像极了老中医的气定神闲和无为而治。

会诊的专家已经各自散去，随着抢救的暂时告一段落，ICU 病房里又恢复了宁静，时钟的指针到了傍晚 7 点。对于许多人来说，今晚注定又是一个漫长的不眠之夜，许爷爷的子女已经做好了通宵守候在 ICU 门外的打算。为了便于 ECMO 上机后的容量管理，又给许爷爷用上了持续床旁血滤治疗（Continuous Renal Replacement Therapy，CRRT）。

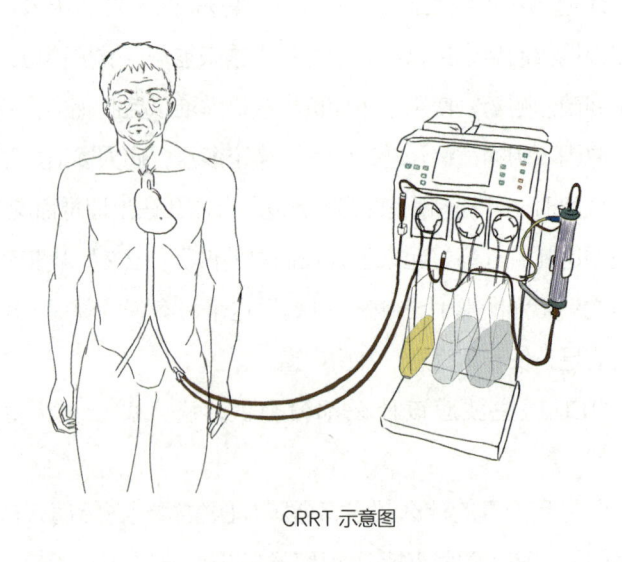

CRRT 示意图

许爷爷此刻安静地躺着，远远望去他已经被埋没在一堆机器之中。ICU 在抢救病人时会用到很多机器，这是迥异于其他学科的，这些机器形成了一道天然屏障，将非 ICU 专业的医生远远地阻隔在了外面。机器会让人望而生畏，只有深入了解它的工作原理才能打破这种畏惧，而那么多机器都要掌握工作原理，很容易使那些想"业余"涉猎 ICU 的医学从业者知难而退。ICU 医生则很容易沉浸在机器的熟练运用之中，有时甚至会遗忘了医学的本质是以人为本，沦为了机器的管理者。要做一名称职的 ICU 医生，需要时刻自我警醒，我们是在治病救人，而不是管理一台又一台的机器。

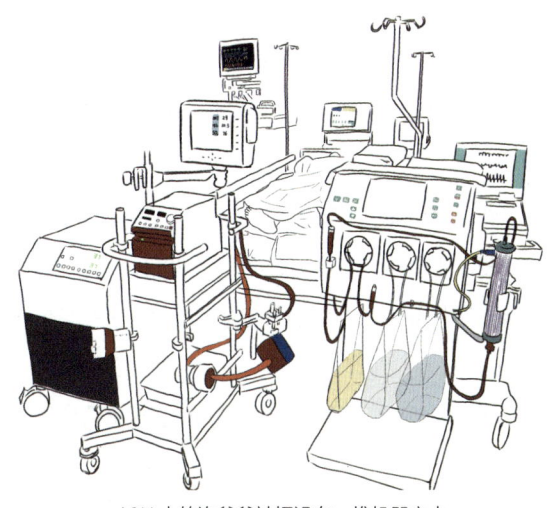

ICU 中的许爷爷被埋没在一堆机器之中

我们在 ICU 书写患者的病程记录时有一种通用的格式，即从上到下罗列各个主要的脏器，对于这些脏器目前所存在的问题、功能状态、所给予的治疗进行系统的陈述。此处仍然按照这种习惯，细数许爷爷的各种治疗。

大脑或者叫中枢神经系统方面：许爷爷的大脑细胞缺氧严重，目前氧的供应已经恢复，这些脑细胞能否苏醒是治疗成败的关键。他的头部戴着一顶长相奇丑的帽子，帽子呈现出皮革般的褐色，有盖可以打开，里面填满了冰袋。这顶帽子可以降低许爷爷大脑的温度，以减少大脑的耗氧，提升大脑组织对于缺氧的耐受。这个治疗的专用术语叫"低温脑保护"。我们听说过的一些冰冻下的生命体存活了百年，逐渐解冻后又复苏的传奇故事，这和"低温脑保护"的原理是类似的。

与"低温脑保护"配套使用的是脱水药物——甘露醇。甘露醇，如甘露一般醇美，这是多么美妙的一个名字啊！其实自然状态中存在的甘露醇确实是很美味的甜品。但是需要用到这个药物的病，却一点儿也不美妙，在脑病和重症领域中用到甘露醇，意味着患者随时会与死神邂逅。它是一种高渗的药物，快速将之输注到血管中，血液便处于高渗的状态，细胞里的水分会在渗透压的作用下，吸入到血管内，通过脱水达到减轻脑组织水肿的效果。

朱晟、何端生所著的《中药简史》中叙述了甘露醇的发现过程：

一般认为，甘露醇（Mannitol）是法国化学家普鲁斯特（J. L. Proust）于1806年从一种木樨科植物的汁液中发现的。日本于1934年以后从海藻中制取。但是，我国元代王恽所撰《玉堂嘉话》记载了宋代的一些史实，其中引用了苏东坡与蒲传正的通信中要求"代觅柿霜"一事。柿霜或柿霜饼的主要成分即甘露醇，中医及民间现仍广泛沿用，特别是在冬季，故究其起源，可上推到11世纪以前。甘露醇在植物中分布很广，存在于自然渗出的分泌液中，是甜而黏的汁液或膏状物，故称"甘露"。

在上文提到的，许爷爷术前麻醉时用到的咪达唑仑，现在又开始持续泵入。镇静药物在 ICU 的广泛使用，使得医生们对于这类药物的认识也越来越深入，起初只是用它来改善患者的睡眠，或减少躁动以促使患者配合治疗。但是现在已经远远不止于此了，对于此刻没有任何知觉的许爷爷，使用咪达唑仑镇静似乎有画蛇添足之嫌，但它的应用目的是减少大脑的电活动，降低氧耗，间接地降低颅内压，最终起到保护大脑的作用。

肺脏或叫作呼吸系统方面：头部以下第一个重要脏器是肺脏，肺脏维持呼吸的功能上文已经详述。许爷爷的肺脏原本是正常的，但因为抢救过程中全身的应激反应、持续的胸外按压、大量的输液等导致了肺脏的水肿，氧合不能维持。

中医学很早就认识到"肺朝百脉"和"心主血脉"，人体所有的血液都要经由肺脏的氧合，然后经由心脏供应给全身。肺是气和血交换的场所，从气管到肺泡是气体的通道，肺泡内是吸入气体，肺泡壁有血管伴行。人的肺脏大约有 3 亿～4 亿个肺泡，总面积近 100 平方米。肺泡的重要特点是通透性，吸入肺泡中的氧气，会通过肺泡壁进入血管，血管中流淌着具有卡车一样作用的红细胞，它们在肺泡这儿卸载下人体的废料二氧化碳，装载上人体所需的氧气，输送到全身。肺一旦出现水肿，肺泡壁也就相应地"变厚了"，氧气通过肺泡壁的过程变得困难，因此就出现了低氧血症。

ECMO 中的那个"膜肺"便模拟了人体肺脏的功能，"膜肺"里的材料是由一种特殊的中空纤维制成，纤维中通行气体而纤维外通行血液,膜扮演了人工肺泡的角色。此外,"膜肺"还有一个"水通路",通过膜肺的水的温度恒定在 37℃,以确保通过膜肺的血液回到人体时仍然是温热的。在 ECMO 这个机器的所有零件中,小小的"膜肺"是科技含量最高的部分,至今我们国家仍然没有能力自主制造。

在 ECMO 的辅助之下,许爷爷的肺脏也可以充分休息了,所保留的气管插管和呼吸机已经显得不那么重要,呼吸机的支持力度调到了最低。它起的作用是保持肺泡的张开,避免肺的呼吸废用而出现肺泡塌陷。

心脏或叫循环系统方面:肺的位置最高,中医形象地称之为"华盖",即帝王乘坐的车轿上的伞盖,其他脏器都在肺的庇护之下。藏在肺下面的第一个脏器是心脏,也是许爷爷此次抢救的关键所在。许爷爷的心脏已经没有能力射血了,他身体内的血液从股静脉里引流了出来,流到 ECMO 的管路之中,促使血液引流出来的力量,就类似于心脏舒张时产生的"吸力",这种力量源自 ECMO 离心泵的高速旋转(转速可以高达 5000 转 / 分钟)。被引流出的血液流经离心泵后,又因为离心泵的快速旋转赋予了血流向前流动的力量。这种力量类似于心脏收缩产生的"压力",在这种力量的驱使之下血液流过"膜肺"进行氧合,血液在进入"膜肺"时看起来还是暗红色的静脉血,一旦经过了"膜肺"流出来,就变成了鲜红色的动脉血。这些动脉血经过股动脉处的插管,回输进许爷爷的动脉系统之中,进而供应给全身的组织。心脏有了 ECMO 的强力支持之后,IABP 此时就显得有些多余了,但它还不能撤掉,还要留着它在撤离 ECMO 后继续发挥辅助作用。

　　肝脏和肾脏方面：由于复苏过程中各脏器缺血缺氧损伤很严重，肝脏的指标变化尤其灵敏，许爷爷的转氨酶已经上升到数千了，而正常值是 50 左右。保肝的药物如还原型谷胱甘肽、多烯磷脂酰胆碱都已经用上，但是它们所起的作用非常有限，能改善这些缺氧损伤的是 ECMO 强大的偿还氧债的能力。另一个重要的器官肾脏则被持续血滤（CRRT）所替代了，ECMO 联合了 CRRT 便不用再顾忌肾脏的耐受情况，可以根据治疗策略的需要，灵活地调整容量。

等待奇迹

我诊察了许爷爷的脉象,他的桡动脉处已经摸不到脉搏的跳动,这在中医的诊断认知里属于死证。但 ECMO 支持下的生命是要另当别论的。中医学认为人体的生命活动由阴阳二气相互维系而成,当阴阳不能相互维系而出现阴阳离决时,人的生命便走到了终点,死亡的方式可以分为阳气暴脱和阴气暴脱。许爷爷这种情况属于阳气暴脱,表现为四肢冰冷,没有脉搏,一派阴凝之象,所有的生命活动都被冰封了。在 ECMO 的帮助下,氧合过的血液静静地流入动脉系统,这种血流,区别于心脏每一次搏动产生的血流,反映在心电监护仪上,有创动脉血压的图形成了一条没有起伏的直线。氧合血供应给每一个细胞,就像冉冉升起一轮红日,温煦的阳光悄无声息地融化掉每一块冰封之地,期待许爷爷的生命也随之而渐渐复苏。

我还从未目睹过 ECMO 的神奇,不知道许爷爷明天会怎么样。我依依不舍地离开 ICU 病房回家,许爷爷的生命就托付给夜班的"战友"们了。当我拖着疲惫的身体回到家中已是晚上 9 点了。我找来书籍快速了解 ECMO 的管理策略,确保我明天面对上着 ECMO 的许爷爷时不会感到陌生。书一页一页翻阅下去,笔记写满了一张又一张 A4 纸,子时已悄然过去,时间的脚步已经迈进了明天。此刻,躺在城市另一个对角的 ICU 里的许爷爷也许正在酝酿着生命的复苏。

在第一缕晨光照射到外科大楼时，我准时来到ICU病房，迫不及待地来到许爷爷床前。他的镇静药物已经停掉了，我拿起床旁的"瞳孔笔"（一种专门用来观察瞳孔的小手电筒）轻轻扒开许爷爷的眼皮，用手电照射瞳孔观察对光反射情况。"天哪！瞳孔的大小已经明显回缩了！昨天抢救时已经是将死之人般散大的瞳孔，而此刻瞳孔大小已经到了正常人 3 ～ 4mm 的大小，对光反射也非常的灵敏！"我忍不住在心里惊叹道。

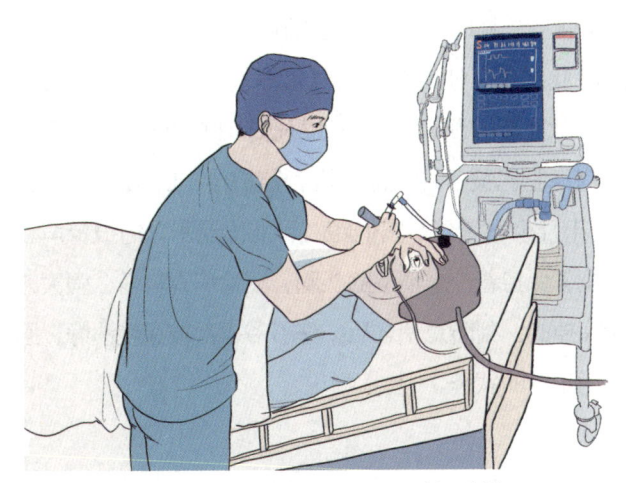

通过手电照射瞳孔，观察许爷爷对光反射情况

瞳孔直径大小示意图

我又呼唤了许爷爷的名字，他没有出现应答反应。我有点儿不甘心，又用中指的关节压迫了许爷爷的胸骨，逐渐加力以给许爷爷一个疼痛刺激。在疼痛刺激下许爷爷睁开了眼睛，而且他的眼睛可以随着我的呼唤有所转动。我紧接着让许爷爷握我的手，他也遵守指令完成。这一系列反应说明他是有意识的。在 ECMO 的帮助之下，许爷爷真的苏醒了，这简直是一个奇迹！

许爷爷虽然已经能被唤醒，但不代表他处于清醒状态。他的大脑因为缺血缺氧造成的水肿还没有到消退的时机，72小时是脑水肿高峰时刻，能挺过水肿高峰期才意味着大脑得以拯救。除此之外，他的嘴里有气管插管，手腕上有扎在桡动脉里的动脉血压监测管路，股动静脉有 ECMO 的引血回血管路，他的身躯已被各种机器埋没，监护仪、ECMO、呼吸机、CRRT、十几个微量泵，它们随时可能出现刺耳的报警声。在这种环境下保持着一个清醒的头脑，无论病人有多么强大的意志都会疯掉的。判断意识之后，许爷爷再次被深度镇静，回到此前毫无知觉的状态。

第一次探视

下午 3 点,许爷爷的子女们等来了第一次进入 ICU 探视的机会,前一天下午的探视因持续的抢救而被取消了。这次探视距离许爷爷进入 ICU 已经 42 个小时了,子女们终于通过探视通道的玻璃窗户看到了父亲,但很不幸的是,呈现在他们眼前的父亲却是面目全非的。他静静地躺在那儿,一动也不动,头上戴着冰帽,看不见完整的面容,床边围满了各种各样的仪器,一个仪器的管路里正流淌着从父亲身体里引流出来的鲜红的血液。他们甚至不确定,此刻父亲是活着还是死了!

"醒来并不代表脱离危险",这是在许爷爷入住 ICU 时医生就跟家属谈到的。许爷爷意识的恢复,只是坚定了我们对于远期恢复的信心,但要最终活着走出 ICU,还需历经漫漫

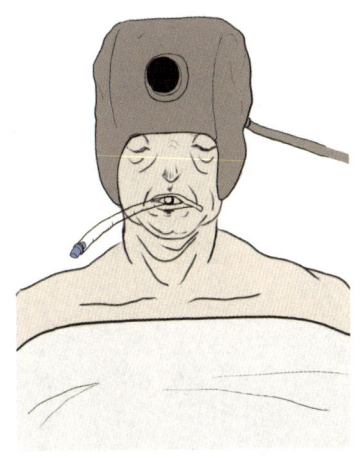

戴着冰帽的许爷爷

征程。真正的生命体征平稳，是不用任何治疗干预下的生命体征平稳，要想活着离开 ICU，就要将这些救命的设备统统都撤掉。对于 ICU 医生而言，这些仪器设备在用上的那一刻起，就要考虑什么时候能撤掉。能把设备用起来托住病人的生命，只是 ICU 医生的入门水平，而能顺利地把它们撤减下来才是高超医疗技术的体现。撤减的过程拉得越长，则病人出现病情变化的可能性越大，这个过程可以用"夜长梦多"来比拟。

在丛生的矛盾中找寻微妙的平衡

既要用药防止血液凝固,又要避免出血

我将昨晚学来的 ECMO 管理知识,快速应用到许爷爷的管理之中。ECMO 的管理关键之一是抗凝。人体的构造非常奇妙,正常的血管内皮是一个具有抗凝和抗血小板作用的屏障,内皮细胞的存在确保血液在血管中静静地流淌,既不会出现涡流、湍流,也不会有血小板附壁形成血栓。一旦血液被引出体外,离开了血管环境,便会激活凝血程序形成血栓,这是一种止血自救的本能,当人体遇到出血时会快速启动这个本能。即使 ECMO 管路已经使用了最先进的仿生材料,即使管路的内壁已做了抗凝药涂层,但它仍然不具备人体血管内皮细胞的生理功能,血液在管路中仍然会启动凝血机制,我们需要持续泵入一种抗凝药物——肝素,将全血凝血的激活时间(ACT)维持在 180～220 秒以避免血液凝固。ACT 的值可以根据 ECMO 引血速度的不同而维持不同的值,"流水不腐,户枢不蠹",就像流动的活水不会腐败一样,流动的血液也不容易凝结,ECMO 设定的血流量越大,血液越不容易凝结,此时肝素的用量可以稍减一些,使 ACT 的值低一些;反之,如果患者的心脏射血功能有所恢复，ECMO流量逐渐减低，则应适当增加肝素的用量，使ACT的值高一些。肝素应用的最大弊端是出血风险的迅速增加，大出血也是排在ECMO治疗第一位的并发症。ICU医生仿佛是站在高空之中钢丝上的舞者，每将患者治疗向前挪动一步，都要极力地寻找平衡，稍有偏差便会万劫不复！

ECMO的顺利运转需要防止血液凝固在管路之中，因此需要抗凝治疗。血液凝固的实质可以用一句话简单概括，那就是血浆中的可溶性纤维蛋白原变成了不能溶解的纤维蛋白，这些纤维蛋白交织成网，把红细胞、血小板等成分网络在内形成血凝块。但往细了说，凝血的启动是个复杂而系统的过程，它是一系列凝血因子相继激活的过程，每步反应均有放大过程，逐级连接下去，整个凝血过程呈现出巨大的放大现象，因此被形象地称为"凝血瀑布"。肝素是一种生理性的抗凝物质，它原本就存在于人体的肺、心、肝、肌肉之中，它主要通过"增强抗凝血酶的活性"这一环节，间接起到抗凝作用，它曾在ECMO的前身——体外循环过程中广泛应用，并且通过监测ACT来调整肝素的用量。ECMO的抗凝治疗和监测，直接拿来了体外循环的经验，为了使整个抗凝过程变得精准可控，需要每4个小时测定一次ACT。ACT测定仪就放在患者床头，抽取几滴血后，数秒钟之内即可完成测定，这样能最大程度降低误差。

ECMO又被戏称为"魔肺"，它神奇而魔幻，它甚至让一些未接触过的医者感到复杂而神圣。但是ECMO只是一个辅助治疗，当我们抛开 ECMO 不看，患者便再次变回我们所熟知的状态。具体到许爷爷，他就变成了一个 ICU 常见的心肺复苏后综合征患者，如果再说得具体而关键一点，可以看作一位急性心力衰竭患者，只是他是一个比较特殊的急性心力衰竭患者，他没有临床症状。

心脏是一个永不停歇的机器，它每一次搏动都要把血液射出去供应全身，心力衰竭意味着心脏这台机器的动力不够了，我们需要给它减轻一些负担。对于急性心力衰竭的治疗，我们最常用且最有效的减负方法便是利尿，通过利尿将血管里和人体组织里多余的水分排出体外，从而减轻心脏的前负荷。利尿治疗在普通的心血管科，是变了花样地使用利尿药物，而在 ICU 里多是药物已经无效，需要借助 CRRT 实现利尿目的。

相对于西医的心力衰竭治疗方案而言，中医的认识和治疗角度特色非常鲜明。在《黄帝内经》时代中医学理论构建之时，即形成"心主血脉"的认识，而心实现"主血脉"的生理功能主要依靠阳气。急性心力衰竭在中医看来，是阳气虚衰导致水饮泛滥，使用利尿剂只是治疗了继发症状，而针对阳虚的治疗是根本，补气温阳的药物如人参、附子常用于急性心力衰竭的治疗。从微观角度来看，这些中药起效机制复杂，绝非强心药物所能等同。

一则病例与许爷爷的心脏疾患非常相似。患者是 45 岁的女性，国家广电总局 725 台的家属，1998 年 11 月 27 日因为急性休克收入医院，诊断为冠心病、心力衰竭、频发室性早搏、心室纤颤，经全力抢救 1 小时仍无改善，那时还没有 IABP 和 ECMO 可用。患者家属电话联系了当地最知名的中医急救专家李可（这是曾在本书《一次难忘的假期 ICU 观摩实践》一节提到过的一位医家），通话时患者正处于抢救中，心率 248 次/分。李可的急救能力是被残酷的现实逼出来的，他在缺医少药的基层行医数十年，农村患者生活贫困，非到危及生命不敢请医生诊治，求诊时因来不及救治而死亡者屡见不鲜，李可由此走上了急症攻关之路，急性心力衰竭是其擅长救治的众多危重症之一。李可在电话中授以大剂量的破格救心汤（附子 100 克、干姜 60 克、高丽人参 30 克、山萸肉 120 克、生龙骨粉 30 克、生牡蛎粉 30 克、生磁石粉 30 克、麝香 0.5 克），煎好后服用 300mL，病情开始好转。李可第二天去诊治时心率是 134 次/分，尿量也正常了，原方加了麦冬、五味子各 15 克，一日服用了两剂，第三天早搏现象已经消失，心率稳定在 84 次/分。出院后继续用中药调治，1 年后随访一切平稳。

ECMO 的应用使得许爷爷的 CRRT 治疗变得简单起来。首先不用再给他穿刺放置血滤引血管了，每分钟通过 ECMO 管路的血流量高达 5L，而通过 CRRT 的血流量仅需要 200mL，只需将 CRRT 管路连接在 ECMO 之上，已经被肝素抗凝的血液便可以源源不断地进入 CRRT 之中。如此一来，连 CRRT 的抗凝步骤也一并省去。进入 CRRT 后的血液会与配制好的置换液融合稀释，再经过 CRRT 的滤器。滤器由一种具备肾小球半透膜特性的生物材料制成，经过滤器的过滤，血液中的水分和代谢废物便被排了出来，排出的这些废液就是尿液了，这个"尿液"的产生量可以根据治疗需要而灵活设定。

和 CRRT 非常相似的一项治疗是血液透析，这是大家耳熟能详的一项治疗技术，每一个县级医疗机构都具备了这项治疗技术。血液透析和 CRRT 都是用来治疗肾脏衰竭的，但是二者之间有着本质的区别。血液透析并不属于重症医学范畴，它只是隶属于肾病科，透析是对肾脏功能无法挽回的患者的一种替代治疗，而 ICU 中的血滤治疗虽与透析类似，但其治疗目标却是通过持续的血滤治疗最终挽救肾脏功能。ICU 收治的是脏器严重损伤危及生命的患者，其常有 1 个或 1 个以上的器官功能障碍（最常见为呼吸、循环、肾脏急性损伤），且脏器损伤有挽救成功可能，这是与临终关怀医疗最重要的区别。以前曾以脏器支持作为 ICU 的重要任务，但是现在已经很少提及，取而代之的是挽救器官，因为脏器支持不足以概括 ICU 的学科性质。脏器支持与挽救器官的根本区别在于，前者属于低级的、被动的对症处理，后者属于高级的、主动的救治；前者之治疗目标是生命体征一时的稳定，后者的治疗目标是长远的、永久的康复；概而言之，前者拘泥于治标而后者更侧重于治本。

许爷爷在抢救过程中被输注了大量的液体，这是 ICU 抢救休克状态时必用的治疗。这些液体除了分布在血管中，也会逐渐渗入组织之中，或者胸腹膜腔等第三间隙。这些多余的水，都要设法通过利尿排出体外。利尿到什么程度才算合适？用一句话总结就是达到"满足流量的最小容量"状态。

过度充盈　　　正常　　　灌注不足

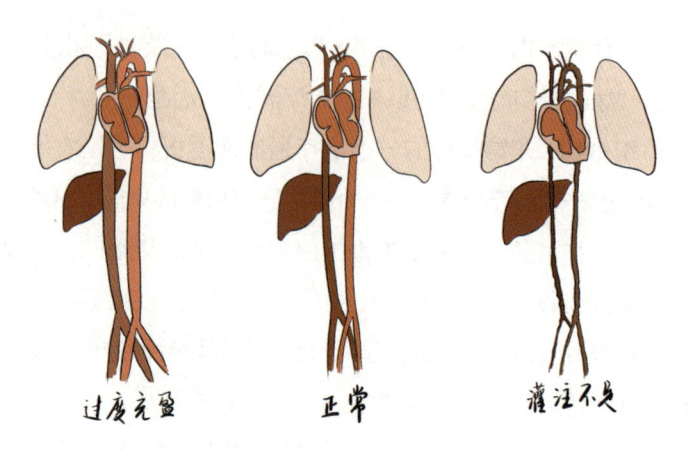

容量状态的夸张版示意图

人体的 90% 都是水，在血管里参与循环的血液（也是水的一种形式）4～5L，这 4～5L 的血液负责把由肺吸入的氧气、由消化道吸收的养分，输送到人体的每个角落，同时再把每个角落产生的废物运送至肺、肾、肠道、皮肤毛孔等排出。这些有效循环的血液，会维持一个稳定的血压。相对密闭的血管系统，就像一个形状怪异的大水囊，水囊壁有弹力伸缩，"满足流量的最小容量"，就是充在水囊里的水，能恰好使水囊的每个角落都被水撑起而不塌陷。为什么要达到"满足流量的最小容量"状态呢？因为许爷爷的心脏泵血功能非常微弱，所有的

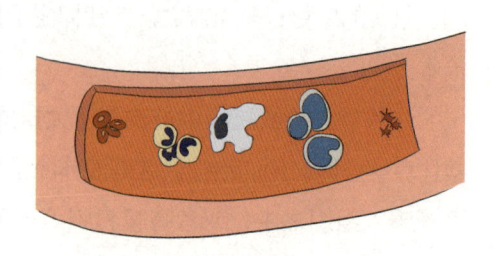

血管中的血液由血浆、红细胞、白细胞、血小板、电解质等成分组成

容量都要靠心脏这个泵提供动力，以供应身体每一个角落。把容量减到最小，才能使心脏的泵血负担最小。最小的容量是能保证每个组织最基本的血流供应。

CRRT 按照医生设定的参数默默地运转，不舍昼夜，许爷爷血液中的水分和废物被析出在废液袋里，形成"人工的尿液"，它们像水一样清亮。如果是重症感染的患者，他们通过 CRRT 产生的废液是很深的黄色，在倾倒废液时还能闻到刺鼻的臭味。

那些从血管渗出到组织间隙中的水分，并不能直接被 CRRT 脱出来。液体一旦渗入组织中形成水肿，便不会轻易地再回入血

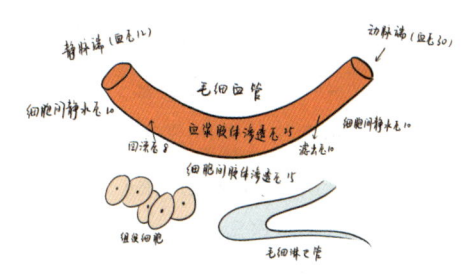

血管壁具有通透性，血液浓度降低会导致血管中水分渗出到组织中，形成水肿

管中。对于许爷爷而言，组织的水肿会导致两个弊端，其一，会对心脏造成潜在的负担；其二，会导致组织的动脉血流灌注压力增大，阻碍"氧债"的偿还。因此，要想方设法促进组织间水液回入血管，并被 CRRT 脱出。ECMO 管理中要求血色素最好维持在 100g/L，红细胞压积维持在 35%，需要输注人血白蛋白维持血管内的胶体渗透压 >24mmHg，均是为了促使组织水肿吸收入血管。

一缕曙光——病人出现了脉搏

在经过 36 个小时的 ECMO+CRRT 治疗后,许爷爷达到了"满足流量的最小容量"状态。那天我正好在值夜班,清晰地记得时间是凌晨 5 点。经过一晚上忙碌奋战病人体征都平稳之后,我刚刚躺下小憩片刻,ECMO 的蜂鸣报警声促使护士跑来喊我。我披上白大衣,匆匆赶去床旁查看,发现 ECMO 机器在 3500 转 / 分钟的转速设定之下,竟然只能引出不到 2L/ 分钟的血流量,正常情况下转速与流量比较匹配,3500 转 / 分钟的转速可以引出 3 ~ 3.5L/ 分钟的血流量。ECMO 的管路也在一下一下地抖动,抖动的样子像极了鱼儿吞饵时鱼漂的起伏,借用一下针灸学形容针刺得气的描述——管路抖动得"如鱼吞钩饵之浮沉"。ECMO 监护仪上显示 Hb 已经达到了 135g/L,HCT 达到了 40%,明显超过了理想的指标,血液被脱水脱得浓缩了。我很快意识到,这就是传说中的"满足流量的最小容量"状态达到了。我让护士为许爷爷快速输注了 500mL 的生理盐水以稀释血液补充容量,并将 CRRT 的脱水量下调。很快报警便解除了,ECMO 的转速没有调整,但血流量又回到了 3.2L/ 分钟。

达到"满足流量的最小容量"状态并不是一下子就能做到的,ICU 医生眼中的病人是一个整体,要确保所有的器官功能达到协调状态。而心外科 ECMO 团队的医生则反复强调脱水。脱水到"满足流量的最小容量"状态,确实给心脏减少了负担,但也使肾脏"受了委屈"。起初刚上 ECMO 时许爷爷的尿量明显增加,但随着不断脱水,眼看着许爷爷的自主尿量逐渐减少,现在已经点滴全无。这意味着许爷爷的肾脏血流灌注已经不足,肾脏损伤在所难免。为了活命而牺牲肾脏,似乎也是值得的。

夏日的晚上很短,但在 ICU 的夜班医生这儿,却和寒冷的冬夜一样漫长。我睡意全无,索性坐在许爷爷的床头看着他,看着 ECMO 和 CRRT 的静静流转,看心电监护仪上的示波,由 36 小时前刚上 ECMO 时的平直转变为现在的有节律的起起伏伏。

我诊察了许爷爷的脉象,比起刚上 ECMO 时的"无脉状态"已经好了很多,能感知到清晰而柔弱的脉搏跳动。这意味着许爷爷的心脏,已经从顿抑的"睡眠"状态慢慢醒来。

太阳终于从夏夜的睡梦中醒来,我也将迎来下夜班的时刻。记得多年前我还在读研究生时,一个下夜班的上午,身心憔悴的我走在医院的连廊之上,沐浴着冬日的阳光,突然领悟到,ICU 的夜班就是医生消耗自己的生命来延续患者的生命。他们用一夜的忙碌和生命力的消耗,换来濒死患者生命的渐趋平稳,一如晨起的阳光那样,慢慢散尽黑夜的笼罩,使生命变得温和而有生机。

05

生命闯关的路上,我陪你一起

这是他第二次进入手术室了,但这次和第一次明显不同,他此刻正处在深度的镇静状态,他无法再去观察周围的一切,也无法思考自己的过去、现在和将来。是我们这群穿着白衣的人在守护着他的现在,是我们这群戴着口罩的人在编织着他的将来。此刻,我们已经和他合为了一体,我们在用我们的生命之火延续着他的生命之光。

能把机器撤掉,才是本事

对于医生来说,"下夜班"是一个模糊的概念,它并不是一个准确的时间点,它也不意味着工作的结束。比如此刻,我们还要再进行一次病人的交接,各级医生纷纷会集于许爷爷的床前。作为他最直接的主管医师,我需要将他的情况汇报给上级医师和接班的医师。而这次交接的关键在于,许爷爷的心脏收缩能力到底恢复到了什么程度。

在没有超声仪器可用的时候,医学界的前辈们只能通过听诊心音、叩诊心界等"司外揣内"的方法判断心脏收缩的能力。现在则可以借用超声直视心脏的跳动,"眼见为实"比起"司外揣内"精确了许多。在十年以前,这样的超声检查只能请超声科医生完成。但随着超声在ICU领域的快速发展普及,重症超声已经是ICU领域新兴的一门亚专业了。"重症超声,重在重症"!超声科的检查要尽可能地精确、减少漏诊,给病人出具一份完整的超声报告;而重症超声则以临床问题为导向,它更多地用于动态评估病情、快速地鉴别诊断。

我将涂满耦合剂的心脏超声探头放置在许爷爷的胸骨左缘,他的心脏跳动便显示在了超声机的屏幕之上,稍微转动探头取到最佳的图像,从二尖瓣的运动幅度来推测,"患者的心脏射血分数可以达到35%~40%了"。

这里所说的射血分数,是心脏功能重要的评价指标,它是指左心室(舒张末容积−收缩末容积)/左心室舒张末容积。

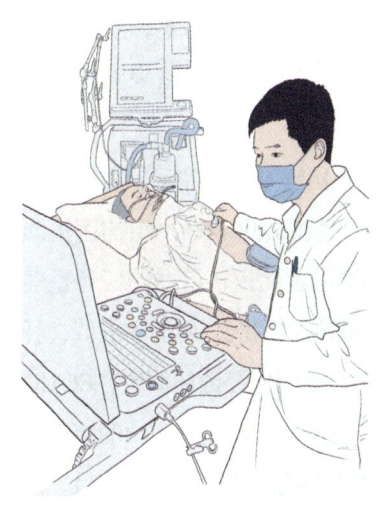

我为许爷爷进行超声检查

其实，这是把一个医学问题数学化了，也因为能转化为数学问题，可以搭载科学的快车，中医问题则很难借用数学模型实现研究突破。专业的超声科医生是严格通过计算得出心脏射血分数的，但在"重症超声理念"的指导之下，ICU 医生一般不会去真的测量计算。

"对于经历了 1 个小时胸外按压和 40 个小时 ECMO 支持的心脏来说，已经恢复得相当不错了，" ECMO 小组的医生说，"可以考虑进入 ECMO 撤机阶段了。"

对于这么快就能撤离 ECMO，大家都表示担忧。这一点很好理解，医学虽然具有一定的科学属性，但它只有在临床经验的充实之下才能变得真实而可靠，大家陪伴许爷爷走过这些日日夜夜，早已看惯了 ECMO 的昼夜流转，对于它的伟大大家已不再陌生，但没有经历过完整的救治过程，没有目睹过成功的脱机，总是会有担忧存在。人就是这样可笑，虽然知道眼见不一定为实，但还是执着地要通过亲眼目睹来坚定一种信念。

"其实 30% 的射血分数就已经足够维持生命了，就像很多慢性心衰的患者，常年处在这个状态。"ECMO 小组的医生继续论证着他的观点，"ECMO 对于患者而言，首要的任务是偿还他的身体的氧债。现在从大脑的恢复情况、乳酸的数值、肝酶的指标来看，都已经趋于正常，氧债已经偿还清了；ECMO 的另一个目的是等待许爷爷心脏的恢复，从刚才超声的结果来看，他的心脏已经具备满足机体需要的射血功能了，况且，留给许爷爷心脏的，已经是'满足流量的最小容量'状态了，他的心脏负担已经降到了最低。ECMO 已经完成了它的光荣使命，可以撤离了。"

既然大家都没有经验，那就不妨采纳有经验的医生的决策意见。各科医生经过讨论，采纳了 ECMO 小组医生的建议，从现在开始进入 ECMO 撤机阶段。

ECMO 是许爷爷心脏的一根拐杖，这根拐杖如果突然拿走，一定会摔个大马趴。人摔倒了可以再爬起来，但许爷爷的心脏却经不起这么一摔。我们需要给许爷爷的心脏一个适应的过程，确保它能独立地行走了，再完全撤掉 ECMO。

正常的人体一般需要 5L/ 分钟的血流供应，ECMO 现在提供的血流量是 3.5L/ 分钟，意味着许爷爷的心脏只需要承担 1.5L/ 分钟的工作量。现在需要逐渐下调 ECMO 的血流量，让心脏逐渐地多承担一些工作。撤减的方案是，每隔 5 小时将

ECMO 血流量下调 0.5L/ 分钟，当减到 2L/ 分钟时不再下调。这是一个"温水煮青蛙"的策略。大家当场就下调了 ECMO 流量。

ICU 医生是最好的临床医生，他们时刻都在用行动诠释着"临床"二字。治疗绝非"改改医嘱"那么简单，它需要医生真的站在病人的床头，一点一滴地调整治疗的力度。调整仪器的治疗参数，是 ICU 医生每天要做的工作；调整之后站在床旁观察，确认病人生命体征平稳，再离开病人的床边，也成了每一个 ICU 医生的工作习惯。ICU 医生不允许在病人病情剧烈变化时才来到床旁处理，功夫需要用在平时，动态地观察，点点滴滴地微调，使支持治疗的力度和病人的生命始终处在微妙的平衡之中。高明的 ICU 医生是"无为而治"的，似乎从来没有看到他做过什么大的抢救，而病人却在日渐向愈。我们在许爷爷的床旁观察了 10 分钟，心电监护仪上显示的动脉血压还在正常范围之内，心率大约 80 次/分钟，与之前相比没有明显的变化，这才各自放下心来。

5 个小时过去了，许爷爷一切都还平稳，从他的右手桡动脉抽取的血气显示，氧分压和乳酸都在正常范围。这说明许爷爷的心脏可以额外承担 0.5L/ 分钟的射血工作了。于是，再次将 ECMO 的血流量下调 0.5L/ 分钟，变成 2.5L/ 分钟，第二个 5 小时依旧安全度过。

下午的探视时间如期而至。在抢救治疗 40 个小时之后，许爷爷的子女第二次进入 ICU 的探视通道。隔着玻璃窗户，他们看到了和昨日一模一样的场景，他们仍然不知所措。他们是人生中头一次作为 ICU 患者的家属前来探视，他们无从知道自己需要做些什么，也不知道怎样的探视才是"好的探视"。这个问题，似乎不太算一个问题，因为探视与否，对于病人的"生"和"死"而言是没有任何影响的。但是，医学走到今天，面临着一个人类文明高度发达的时代，是否还应该只停留在"起死回生"这个原始的阶段？

"和老爷子说说话吧。"床旁的护士在视频电话中提醒了儿子。

"我说话他能听见吗？"儿子问道。

"您权当他能听见吧，很多病人对声音是有知觉的。"护士说完，将听筒放在了许爷爷耳畔。

"爸爸……"儿子轻轻地喊了一声。还未来得及说出一句完整的话，泪水已经盈满了眼眶。他深深地吸了一口气，努力地平复着心情。中国人是腼腆的、羞涩的，从小就没有说出"爱"的习惯，我们似乎不会表达"爱"，只会在举手投足之间、在具体的行动之上，表达我们的关爱。儿子努力地尝试说出一些温暖父亲的话，但最终只是干巴巴的两句：

"爸爸，我来看您了，您一定要挺住啊。我妈还在家里等着您回去呢！"

话音刚落，他已是泪如雨下。他无法再待下去，放下话筒，匆匆地掩面逃离了这个地方。

晚上 9 点钟的时候，夜班医生第三次下调 ECMO 血流量，观察到深夜 11 点钟一切正常。医生松了口气，心想着许爷爷今晚应该可以安然度过，明天能顺利撤离 ECMO 了。

心跳突然飙到了150次/分钟

就在凌晨5点黎明刚刚到来之时，许爷爷出现了快速的心律失常。他的心脏以每分钟150次的速度跳动。初入梦乡的值班医生立即被床旁护士喊了起来，一次小抢救就此展开。心电图显示室上性心动过速，使用控制心律的药物后，仍不能恢复窦性心律；将ECMO的血流量调回至3.5L/分钟以减轻心脏的负担，但是半个小时之后心律仍未恢复。最终，医生不得不使用电复律治疗。电复律与之前抢救时使用到的电除颤是同一个设备，只是选择了不同的模式和不同的电量。将除颤仪的电极片贴在许爷爷身上，选择"同步模式"，充满50J电后，将两个电极板放在和除颤一样的位置，放电。第一次没有成功转复，再次给予70J电复律，心脏转为了窦性心律。

心律失常的出现，打乱了原来的ECMO脱机计划，经过各科会诊协商，大家决定让许爷爷的心脏再休息一天。岂料一天之后的撤减过程仍然不顺利，还是出现了心律失常，于是再次使用了同步电复律。两次撤减ECMO流量的失败，使大家治疗的焦点再次回到了许爷爷的冠脉状况上。在抢救那一天，心内科医生拒绝了立即进行冠状动脉造影检查，从现在的情况来看，必须进行一次造影检查，以明确许爷爷的心脏供血情况，否则无法预料能否顺利地撤离ECMO。这不只关系到后续的治疗，还关系到给家属一个明确的交代。

所谓"给家属一个明确的交代"，就是指要告诉家属患者的"病因"。在临床中准确找到病因是很难的,但患者和家属对于病因的执着追求是不分古今中外的。在没有解剖传统的中国古代,为了寻找"病因"曾经发生了一件妻子遵遗言解剖丈夫尸体的事情,载于《宋书·顾觊之传》。事件主人公的名字叫唐赐,是沛郡相县(作者按:大约在今日安徽淮北市)人,有一天他去邻村人朱起的母亲彭氏家里喝酒,回来便病了,病中曾吐出过十几条虫子(作者按:吐的应该是蛔虫)。临死前他对妻子张氏说,死后要把他的肚子剖开查清病因。张氏非常尊重丈夫的遗言,亲手剖开丈夫的肚子查看,发现丈夫的五脏都粉碎了(作者按:没有解剖技术和解剖知识,不可能得到正确的结论)。郡县的官员顾觊之认为张氏太残忍,她的儿子唐赐又不阻拦这种残忍行为,要给他们判刑。写过《文心雕龙》的刘勰当时担任三公郎,认为根据事实推究他们的心情,他们没有残忍伤害丈夫和父亲的动机,认为应该原谅他们。刘勰的辩解也很有道理,但他们最终还是被判了刑。唐赐一家人,可谓是为了寻找病因付出了巨大的代价。

  心内科最终同意了进行介入手术,时间安排在次日早晨 8 点,他们会准时在介入手术室等候病人到来。ICU 距离手术室的实际距离也就 500 米左右,但如何把许爷爷转送到手术室成了迫在眉睫的一道难题。对于危重病人来说,转运外出是死亡风险非常高的行为。许爷爷从头到脚都连着机器,任何一处的管路出现脱落,都是致命的。必须制订周密的转运计划,确保万无一失。

  大家经过协商,决定先对许爷爷使用的机器进行精简,每减掉一个机器就会对转运工作增加一份安全。而精简掉哪些机器需要根据机器的重要性来选择，如果对许爷爷所用到的设备进行一个排序，应该是这样的：

第一是ECMO，一刻也不能停歇。

第二是带有除颤功能的心电监护仪，没有心电监护仪就不能及时发现患者出现了生命危险，没有除颤仪则在危险发生时缺乏有效的抢救手段。

第三是呼吸机，在ECMO运行状态下可以完全替代肺功能，此时可以不用呼吸机，但转运途中、术中，一旦ECMO血流不稳定，呼吸机可以发挥救命的作用。

第四是CRRT，许爷爷因为脱水需要，现在已经没有尿了，没有CRRT就是急性肾衰竭状态，但是几个小时之内不排尿并不会危及生命。

第五是IABP，它是在撤离ECMO之后才起作用，暂停使用没有危险。

第六是微量泵，许爷爷使用了一排好多个泵，但要转运去手术可以减少为3个，一个持续泵入镇静药，一个持续泵入肝素，还有一个备用。

第二次进入手术室

手术时间如期而至，转运按计划开始。从 4 楼的 ICU 到 3 楼的手术室，先要经过 150 米的走廊到达电梯间，已经提前联系好了专用的电梯，电梯门的宽度足以让病床顺畅地通过，电梯厢的大小也足以容纳病床、各种仪器设备和负责转运的医护人员们。转运队伍缓慢而谨慎地前行，ECMO 机器被放置在了病床之上，这样才能确保 ECMO 的管路不会受到牵扯而脱管。进出电梯的时刻，大家格外小心，所有的人员都在认真听从着队长的指挥。3 楼的电梯间里挤满了等待手术的家属，他们纷纷瞩目于我们这支转运的队伍，暂时忘记了亲人的病痛，这个阵仗是他们生平第一次见到，通过 ECMO 的管路，他们清晰地看见血液在流淌。

许爷爷终于被平安地转运到了手术室。这是他第二次进入手术室了，但这次和第一次明显不同，他此刻正处在深度的镇静状态，他无法再去观察周围的一切，也无法思考自己的过去、现在和将来。是我们这群穿着白衣的人在守护着他的现在，是我们这群戴着口罩的人在编织着他的将来。此刻，我们已经和他合为了一体，我们在用我们的生命之火延续着他的生命之光。此刻，我已经融入了他的世界，他也进驻了我的灵魂，我和他难分彼此，我会替他保留下这段穿行手术室的记忆，如果他有幸醒来，向我问起，我一定会向他娓娓道来。

完成消毒铺巾之后，穿上了"盔甲"的手术医生来到了许爷爷跟前。这套盔甲是由铅帽、铅围脖、铅上衣、铅裙组成，十几斤的重量并不逊于古代将军征战时的铁甲，只不过古代的铁甲是用来抵挡肉眼可见的明枪暗箭，而医生的这套铠甲却用来阻隔肉眼看不到的 X 线。介入治疗的医生也是牺牲自己点亮病人的一群人，他们在学习这项救命的技术之前，先要完成人类最根本的使命——传宗接代，生完孩子之后，便有了衣钵继承之人。从此往后，即使 X 线会或多或少地穿透铅衣，悄悄地改变着术者基因的序列，他们也心中无所惧怕了。

铅裙（左）与铠甲（右）示意图

术者熟练地取出导管，直接由 IABP 所用的动脉鞘管进入许爷爷的身体，连穿刺的步骤都省去了。随着造影剂的注入和 X 线的释放，屏幕上显示出了导管的运行轨迹和许爷爷心血管的轮廓。在 X 线的透视下，许爷爷的五脏六腑以黑白影像清晰地显示在屏幕之上,随着心脏的每一次搏动,五脏六腑也在随之规律地舞动着。我们在手术室的外间,隔着防辐射玻璃窗观看着术中的一切,心电监护仪上所有的生命参数清晰可见,病人稍有不测,我们便会立即冲入抢救。

显示屏中,介入的导管成了一条黑色的丝线,这条丝线由股动脉处进入身体,经由腹主动脉逆行至胸主动脉,继而跨过主动脉弓,在主动脉瓣的开口附近,进入了冠状动脉的开口。这时,满满一针管的造影剂被推注进了导管,进入冠状动脉之中。被造影剂充满的血管会显现出和导管一样的黑色,如果冠脉堵塞,则黑线在堵塞处中断,如果冠脉出现了狭窄,则黑线在狭窄的部位明显地变细了。

同样在上述 X 线透视下介入治疗疾病的还有介入放射科,每当 ICU 遇到危及生命的快速出血,而又无法明确责任血管时,便要将病人交由介入放射科进行栓塞止血。当造影剂注入动脉之后,会从动脉的破损出血处外渗,在 X 线的透视之下,正常组织呈现为浅灰色,此时外渗的造影剂就像一股黑烟出现在屏幕之上,行话俗称"冒烟"。当出血的速度达到 5mL/ 分钟时,就会出现"冒烟"征象。通过导管在冒烟处放置特制的弹簧圈,即可把破损的动脉栓塞住,从而达到止血的目的。

负责给心脏供血的冠状动脉,在造影剂和 X 线的作用之下,清晰地显现在了屏幕之上。冠状动脉又分出左冠状动脉前降支、左冠状动脉回旋支、右冠状动脉。许爷爷的血管糟糕极了,他的前降支远端和右冠状动脉已经完全闭塞,回旋支的中段狭窄了 80%,而且这些闭塞和狭窄的部分已经很难通开了，中间还换了一位手术经验极为丰富的主任进行尝试，仍然没有通开。右冠状动脉负责给窦房结供血，获得丰富血供的窦房结才能保持正常的心脏节律。许爷爷心律失常的原因大概明确了，是缺血引起的，而非急性的心肌梗死。这可真是出乎意外，我们不得不佩服初次给许爷爷会诊的那位心内科医生的卓见。

  手术在一个半小时以后结束，术中未能给许爷爷的冠脉做任何治疗，大家有些垂头丧气。如果是一个急性闭塞导致的心梗，可以通开，并放置支架撑起冠脉，以挽救缺血的心肌，使心肌梗死的患者免于死亡。像许爷爷的冠脉闭塞，是缓慢形成的，动脉上的斑块就像岩石一样坚硬，之后的生死挣扎之中，能不能顺利地脱离 ECMO，完全就靠他自己的造化了，医生真的帮不了他。医生唯一能做的就是把每一步治疗都做得精准无误，不再给他孱弱的身体雪上加霜。

术后心包填塞——死神再次走近

许爷爷被平安地转运回了 ICU 病房。CRRT 和 IABP 再次启动,所有的治疗恢复了之前的模样,心电监护仪上显示许爷爷的心率有些增快,大约 100 次/分钟,血压和脉氧还维持良好。这个并没有引起大家的重视,一个多小时的手术,都在心脏的血管中"捅来捅去",心脏表现出"抗议"而暂时跳得快一点儿,也是可以接受的,休息一会儿也许就平复了。

就在医生们准备吃午饭时,许爷爷的生命体征出现了急剧的恶化!医生本能地扔下筷子,奔向床旁。

许爷爷的心率并没有因休息而好转,反而变成了 140 次/分钟,血压开始下降,值班医生到达床边时看到的血压是 70/40mmHg,ECMO 的流量也在急剧地下降。监护仪上另一个数字——中心静脉压(CVP)变得出奇地高。因为许爷爷的血容量一直处在"满足流量的最小容量"状态,平时 CVP 基本维持在 6~7mmHg,现在监护仪上显示的是 30mmHg。值班医生快速检查了许爷爷的颈静脉,明显看到鼓起来的静脉,这个现象的专业术语叫作"颈静脉怒张"。

一切的征象,都指向了"心包填塞"。

心包是一件结实的衣服,它包裹着心脏,时刻保护着心脏。心脏和心包之间有少量润滑的液体,这样衣服穿起来会更加舒适一些。"心包填塞"就是心脏和衣服之间的液体瞬间增多了,把原本属于心脏的空间挤压了,心脏空间受限便不能再像以前那样正常地工作。心脏的工作一旦发生变化,生命就受到了威胁。

当病人发生致命的循环不稳定时,使用超声可以快速寻找到致病原因。值班医生将心脏的超声探头放置在了许爷爷剑突的位置。在这种紧急状态下,第一个检查的位置是剑突下,这与我们之前评估心脏射血分数时的位置是不同的。剑突下这个位置,不仅可以看到心脏的完整形态,同时还可以通过探头的旋转,探查到下腔静脉、肝脏、脾脏、肺脏。超声屏幕上很快显示出了心脏的四个心腔,但是图像被腹主动脉瘤假腔的血肿遮挡了,为了看得更清晰一些,将探头滑向了心尖部。

由黑白二色组成的心脏动态图像里,值班医生印证了自己的判断,许爷爷确实心包填塞了。导致心包填塞的原因,考虑是冠脉介入导致的心脏血管出血引起的。

正常情况下,心脏和心包中间有很小的间隙,这些间隙被心包浆膜分泌的润滑液体所填充,在一些疾病状态下,这些润滑液会增多,当深度超过 2cm 时,会使心脏的活动范围受到挤压,当液体量太大时(>150mL),会影响到心脏的跳动射血和腔静脉的回血功能,即成为"心包填塞"。这是危及生命的病症!

"马上准备心包穿刺包!"

值班医生向护士发出了抢救指令,他拿着超声探头的手并没有停下来,他要寻找一个积液最深、离体表最近的位置,作为穿刺点。这个点最终定在了腋前线,第5、第6肋骨之间。

当穿刺针按照之前超声探头的方向刺入 4cm 后，回抽到了暗红色的不凝血。心包填塞只要被识别出来，穿刺引流操作很简单。只见医生将导丝从穿刺针尾部送入，撤出穿刺针，顺着导丝扩皮之后，将剪好了侧孔的引流管送入了心包。暗红色的血液顺着引流管流淌入引流袋中，很快就引出了 200mL。随着积血的引出，许爷爷的血压瞬间转高，心率也渐渐平复。

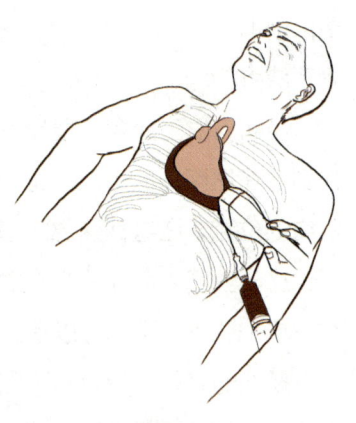

心包穿刺术

心包穿刺术是基于解剖学的认识发明的抢救方法，属于外科范畴。中医的历史上从来没有过这种技术，所以中医只有学过这项穿刺技术，才能抢救心包填塞的急症。中医一直把心包作为一种虚拟的概念，负责人的神志，对于危重症患者出现的神志昏迷，称之为"邪闭心包"。从没能发明出心包穿刺术以抢救心包填塞的病人这个事实来看，中医难免显得落后了。但是，在没有心包穿刺术的年代里，难道有很多心包填塞的病人吗？这是一个值得探讨的有趣的问题。

但是治疗并没有就此结束，还有更多的利弊需要权衡。ECMO 的运转需要持续肝素抗凝，而肝素抗凝又会加重心脏血管出血。这个巨大的矛盾如何解决？抗凝到底能不能减量？

如果危重病人的病情方方面面都非常清楚，有客观评价的标准，那么医疗就会变得非常简单了。实际上，危重症病人的病情信息复杂多变，模糊不清的地方太多。ICU 医生总是在矛盾中前行，治疗方案不能"太左"也不能"太右"，需要医生不断地动态调整，保持微妙的平衡，走在"大路的中央"。经过思考、讨论、协商，医生得出了完美的答案：

1. 心包积血采取间断引流措施：只要心包填塞症状解除，就暂时夹闭引流管，这样会使心包里存在一定的积血，积血对于出血部位会有压迫止血作用。这个决策反映在医疗操作上是"心包引流至 300mL 时夹闭引流管"。

2. 提升 ECMO 血流量，肝素暂时减量：我们在前文提到过"流水不腐，户枢不蠹"，当血流加速后便不容易凝血，肝素的用量就可以减低一些。这个决策反映在医疗操作上是"将 ECMO 的血流量上调至 4L/ 分钟，下调肝素用量，在之后的 6 小时内将 ACT 维持在 180～190S"。

许爷爷的生命体征又恢复平稳，他再次逃离死神的魔爪。

更让人欣慰的是，24 小时之后，心包引流管里已经没有血液引出了，复查心脏超声显示心包腔里已经没有积液了，这说明他的心脏出血已经完全止住了。遂决定将引流管拔除。

心包填塞就此彻底解除了，ECMO 又逐渐被调回了原来的流量。各科医生再次会集 ICU "论剑"，对许爷爷的下一步治疗方案进行商讨。许爷爷心脏的三支冠脉基本都存在严重的病变，唯一能做的手术治疗是冠状动脉旁路成形术，即俗称的"搭桥"。这个手术一般在急性心肌梗死之后 3 个月才考虑实施。在这 3 个月之内，能做的就是内科治疗。

商议的结果是，再次进入 ECMO 撤离程序，希望许爷爷能坚强地挺过来！

午后 3 点的钟声准时响起，子女们第 6 次进入 ICU 看望自己的父亲。许爷爷头上的冰帽已经在几天前撤去，透过玻璃窗，子女们可以清晰地看到父亲的脸庞，那是一张憔悴而没有生机的脸，看不出一丝生命的波澜。

探视后的医生谈话，为他们带来了一丝曙光。教授再次承担了这次与家属谈话的重任。

"经过这些天的综合治疗，情况有所好转。我们今天再将您父亲的病情向您做一个系统的梳理，对于下一步治疗做一个介绍。

"冠脉造影的结果显示，您父亲的心脏血管状态非常糟糕，这也是之前出现室颤抢救，使用 ECMO 治疗的根本原因。

"目前您父亲的各个脏器的缺血缺氧损伤已经完全恢复了，ECMO 完成了它的使命，我们要再次进入撤减 ECMO 的流程。ECMO 能否顺利撤离，取决于心脏功能能否承担全身的泵血工作。ECMO 如果能顺利撤离，那么就算迈出了胜利的第一步。

"第二步是陆续撤离其他生命支持治疗设备，你们所关心的清醒问题，我们会在后续撤离呼吸机时，完全停止镇静药物的使用，那个时候才能判断许爷爷的大脑能清醒到什么程度。"

"医生,请问顺利撤掉所有设备,并且完全清醒的概率有多大?"

家属在仔细地聆听之后,提出了最关注的问题。但这恰恰是一个无法回答的问题,医疗有太多的不确定性,疾病随时会有出乎意料的变化。医生很难给确定的答案。

大夫，病人不吃饭怎么行

ICU里的"特供饭"

我们暂时放下许爷爷ECMO的撤减不表，且看看围绕着许爷爷开展的其他治疗。截止到此时，许爷爷已经在ICU里毫无知觉地躺了7天了。这7天之内许爷爷是怎么"吃饭"的呢？我们有必要说一说。

进入ICU签字时，得知ICU不用家属订饭送饭，家属经常会问道："大夫，病人不吃饭怎么行？"

ICU病人的床头，都挂着一个瓶子，一根管子连起了瓶子和病人的胃管，瓶子里充满着乳状的液体，这些液体按照医生设置好的流速，缓慢而又持续地输入病人的胃腔或者肠腔。这瓶子里装的便是ICU病人的"特供饭"。

为了让病人能更好地补充营养，这些特供饭做出了层出不穷的花样，以适应各种各样的病情和各种各样的肠胃。比如有糖尿病的病人，都要吃一种特殊的营养液，具体的特殊之处太过专业，不讲也罢，但是直观呈现给我们的是——味道非常好！香甜的口味。我时常纳闷，生活中的糖尿病病人，吃苦不吃甜，才对疾病是有利的，为何营养液，反而给糖尿病人准备了最香甜的特供饭。厂家在宣传之时，甚至会把营养液直接放入各种模具，冻成一些小甜品使大家食用以加深印象。

题外话：古代医生对于胃肠道的解剖和功能认识

古语说"民以食为天"，吃饭是人的头等大事。在中国医学起步不久的时候，祖先们便详细地测量研究了人体的消化系统，并做了详细的记录。保存在古代医学典籍中的解剖内容很少，但是关于消化道的解剖记录却在其中占据了大量的篇幅，可见中国古代的医生们非常重视饮食和胃肠。

黄帝问于伯高曰：余愿闻六腑传谷者，肠胃之大小长短，受谷之多少，奈何？伯高曰：请尽言之，谷所从出入浅深远近长短之度：唇至齿长九分，口广二寸半；齿以后至会厌，深三寸半，大容五合；舌重十两，长七寸，广二寸半；咽门重十两，广一寸半；至胃长一尺六寸；胃纡曲屈，伸之，长二尺六寸，大一尺五寸，径五寸，大容三斗五升；小肠后附脊，左环回周迭积，其注于回肠者，外附于脐上，回运环十六曲，大二寸半，径八分分之少半，长三丈二尺；回肠当脐，左环回周叶积而下，回运还反十六曲，大四寸，径一寸寸之少半，长二丈一尺；广肠传脊，以受回肠，左环叶脊，上下辟，大八寸，径二寸寸之大半，长二尺八寸；肠胃所入至所出，长六丈四寸四分，回曲环反，三十二曲也。（《黄帝内经·灵枢·肠胃第三十一》）

上述的这些古文内容按照汉代和现代的度量衡进行一下换

算，便会得出和今天解剖学认识高度一致的消化系统解剖数据。在明治维新时期，西方医学传入日本，首先面临的便是术语的翻译问题，日本的学者当时还主要使用汉字，便从中国古代医学典籍中寻找词汇完成了翻译。西医引入中国时直接借用了这些翻译成果，所以这段《黄帝内经》里的解剖名词如"会厌""咽门""胃""小肠""回肠"等与今天的西医术语是一致的。

中国古代的医生不仅完成了消化道的结构解剖，还对于消化道的生理功能进行了细致的研究，对于人的胃可以容纳多少食物，胃和肠道多久排空，多长时间不吃饭会死亡，均做出了研究成果，并得出"平人不食饮七日而死"的结论。

黄帝曰：愿闻人之不食七日而死，何也？伯高曰：臣请言其故：胃大一尺五寸，径五寸，长二尺六寸，横屈受水谷三斗五升，其中之谷，常留二斗，水一斗五升而满，上焦泄气，出其精微，栗悍滑疾，下焦下溉诸肠；小肠大二寸半，径八分分之少半，长三丈二尺，受谷二斗四升，水六升三合合之大半；回肠大四寸，径一寸寸之少半，长二丈一尺，受谷一斗，水七升半；广肠大八寸，径二寸寸之大半，长二尺八寸，受谷九升三合八分合之一；肠胃之长凡五丈八尺四寸，受水谷九斗二升一合合之大半，此肠胃所受水谷之数也。平人则不然，胃满则肠虚，肠满则胃虚、更虚、更满，故气得上下，五藏安定，血脉和利，精神乃居，故神者，水谷之精气也。故肠胃之中，当留谷二斗，水一斗五升，故平人日再后，后二升半，一日中五升，七日五七三斗五升，而留水谷尽矣。故平人不食饮七日而死者，水谷、精气、津液皆尽故也。(《黄帝内经·灵枢·平人绝谷第三十二》)

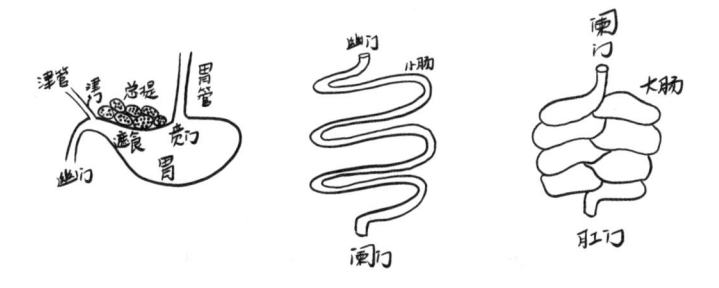

中医典籍中绘制的消化道解剖图

常被我们忽视的胃肠

辛辣刺激的川湘菜系流行全国，忙碌劳累加班之后，好友相聚，推杯换盏，大快朵颐。在麻辣刺激味蕾换来心灵愉悦的同时，我们似乎很少考虑到，默默负重前行的胃肠，你以为不过是一次偶然地喝多了呕吐，你以为不过是一次偶然地吃坏了拉肚子……而谁也不知道，哪一次放纵是压倒生命的最后一根稻草。

从我们啼哭中来到世界，就具备了吮吸母乳的能力，此后按月份增加辅食，断奶后逐渐像成人一样进食。在快速生长的前十几年，我们对于食物的渴求无限的强烈，从来不会想到，有一天，面对美食会变得无动于衷。慢慢地，我们开始认识自己的胃肠，到了三十多岁，大部分人都有过胃部不适的经历。

大家开始慢慢地注意到，食欲不再那么旺盛，即使正常的食量，也会担心营养过剩，对身体带来损害。因此不用到ICU的病床上，我们就已经知道，胃这个皮囊，不是随随便便随时随地什么都能装的。

危重症来袭，胃肠总是首先被"弃车保帅"

就如我们在生活中，有诸多的不良习惯，从来没有把胃肠的感受放在心上一样，在危重症的进展之中，默默负重的胃肠，也会被首先当作最不紧要的器官，牺牲掉它原本充沛的血流供应，以保得生命全局的存续。《易经》说，"地势坤，君子以厚德载物"，胃肠之厚重、之默然负重，正是这种"大地"的特性，所以在古老的中医理论中，把胃肠的一切比作化生万物的土。土地可以孕育种种生命，给土地播上种子，浇水，接受太阳的抚育，此后一切交给时间，便能化生出万事万物。所以"土"很重要，而"胃肠"对于人体也一样的重要。

一旦躺到ICU的病床上，疾病不能在短期内（1周内）好转，胃肠功能障碍在所难免。

许爷爷就面临着这样的问题，他经受了一次又一次抢救、各种有创操作，在鬼门关进进出出，他早就出现了胃肠功能障碍和营养不良，镇静镇痛药物的应用也会抑制他的胃肠的蠕动，更加重胃肠功能障碍。

能通过"胃肠"吃饭,就不要通过"静脉输液"吃饭

ICU 及时给予了许爷爷"营养支持"治疗,让他将另一种形式的"饭"通过特殊的途径"吃了"进去。在半个世纪之前,随着静脉补液技术的普及,营养治疗的进步,医生们觉得吃不下东西不是什么了不起的事,完全可以通过静脉把人体所需要的营养物质输注进去。许爷爷主要就是通过这种"静脉输注"的方式,将"饭"(所需的营养)"吃"进身体的。

现在医学强大的全肠外营养支持技术,可以使患者在不经口吃饭的情况下持久地活下去。

消化系统有丰富的血液供应,但是消化系统本身的营养来源,只有 30% 来源于血液输送来的养分,其余的 70% 直接来源于肠道中的"水谷""饮食精微"。消化道的巨大表面积,不只是用于营养和水分的吸收,还是人体的物理屏障、化学屏障、免疫屏障和生物屏障。胃肠道的长时间停用,会导致肠道绒毛的萎缩,黏膜屏障的破坏,进而影响肠道的生物屏障和免疫屏障功能,肠道的细菌就很容易移位入血。这些研究成果指导了 ICU 的临床治疗,在胃肠没有大出血、丧失完整性等绝对禁忌证的时候,要尽早地启动肠内营养。

饮食滋味，可以促进胃肠苏醒

和医生一样关心患者吃什么的是家属，患者一旦住进 ICU 里，家属便不能再履行照顾的义务，其实他们是被"剥夺了照料权"。我不止一次地在和家属的谈话中，听到家属对于参与"救治"的期望，他们特别希望能做些什么帮助自己的亲人康复，最常想到的便是准备一些亲人平时爱吃的食物送来。而大多数时候，我都不得不将家属的一片孝心拒之门外。因为收入 ICU 的病人没有知觉，无法经口品尝美味，他们摄入的容量也需要严格地控制，脆弱的胃肠和有限的容量空间，更应该留给性价比最高的营养液，而非家庭自制的羹汤。但是在患者醒来之后，吞咽开始恢复，如果能由亲属亲自奉上美味佳肴，一定会促进疾病的康复。相信在不久的将来，我们 ICU 的探视制度会发生突破性的改变，人文关怀会更加被重视。

使用食物之美味促进危重患者康复曾有过不少先例。近现代著名中医学家蒲辅周曾医治一老年妇人，热病后期（重症感染恢复期）湿邪留恋，胃肠不开，虚弱不能进食，服药后胃肠也不能耐受。蒲辅周苦无良策，后来遵循《内经》"临病人问所便"的教诲，仔细询问并观察患者的喜好。最后发现，患者闻到龙井茶的香气时，有想饮茶的欲望。蒲辅周便想到了一个妙法，令家属煮上好龙井，患者闻到香气，渴欲索饮时并未立即给饮，而是等待胃肠渐醒，乃稍稍予服。龙井茶气味芳香可以醒脾，入口时味微苦微辛微兼甘淡，辛开苦降，淡渗利湿。经此气味疗法，病人的肠胃功能逐渐恢复，能耐受饮食和药物，最终痊愈。后来，蒲辅周还用同样的方法治疗过多人。民国时期，上海名医夏应堂将食物气味疗法作为温病后期肠胃不开食欲不佳的常规疗法。遇到这类患者，夏应堂多问病人平素喜好及此刻想食用何物，然后命家属将患者所喜好的食物精致烹调，令患者闻其气味。夏应堂应用最多的是鹌鹑肉，因此物气味醇美，最能勾起食欲。若佐以芳香药物一起炖，香味可弥漫整个病室，有很好的醒脾作用。

危重病人，"吃得少"比"吃得多"更有益

在许爷爷室颤抢救那天，他的胃肠处于严重的缺血缺氧状态，丧失了消化吸收功能。在第 24 个小时之后，开始使用静脉营养支持治疗，约在第 72 个小时的时候，随着胃肠功能的逐渐恢复，又给许爷爷增加了肠内营养，这是一种特制的营养液，经过胃管输入他的胃中，输注的过程会借助一个叫作"鼻饲泵"的仪器，它和输液泵的原理类似，可以按照设定的速度 24 小时不间断地将营养液缓慢地注入患者的胃中。

正常人在吃饭时随着食物的不断摄入会产生饱腹之感，从而停止进食，但是像许爷爷这种躺在 ICU 的病人，没有了知觉，通过静脉补充营养，每天要补充到什么程度才算"吃饱"呢？西医的营养学对此早就有了研究，正常人每天需要摄

入多少能量、多少水、多少电解质，已经有了比较准确的研究结果，病人既然无法自己决策，就由医生决定他们"吃"多少了。

最初对于 ICU 的危重病人，营养的输注量就按照正常人最理想的生理剂量来定，但是这样治疗了二十多年后，发现足量的营养补充，不仅没有达到想要的疗效，反而加大了病人的死亡率。生活的经历就已经告诉我们，在发烧的时候、腹泻的时候、情绪剧变的时候，是没有食欲的。强行进食，只会加重不适。基于这个生活经验，ICU 的医生们提出了"允许性低热卡"的假设，即在感染、创伤等急性期，机体处在严重的炎症反应状态，补充足量的营养可能会促进炎症反应，加重机体损伤而导致死亡率增加。ICU 的医生开始尝试减少危重病人的营养供应，后来经过大量的临床对照研究发现，在危重病人的急性期减少营养摄入，可以有更多的获益。这个理念一经证实，便在 ICU 领域实现了快速推广。

中国古代的医生们，很早就认识到了感染未痊愈的患者，要减少高营养饮食的摄入：

帝曰：热病已愈，时有所遗者，何也？

岐伯曰：诸遗者，热甚而强食之，故有所遗也。若此者，皆病已衰而热有所藏，因其谷气相薄，两热相合，故有所遗也。

……

帝曰：病热当何禁之？

岐伯曰：病热少愈，食肉则复，多食则遗，此其禁也。
(《黄帝内经·素问·热论》)

在20世纪50年代，就一个脑炎患者喂养的问题，中医和西医的临床医生们有一次探讨，并在这个病人的治疗上，最终达成了共识。多亏了北京医院著名的内科医生曾昭耆先生，不厌其烦地记录下了讨论的过程。我上学时还拜读过曾昭耆先生的《漫漫从医路》，教诲着我们年轻医生如何成长。此处节选曾先生之原文如下：

如果不是中医的治疗，病人的后果是不堪设想的。这正如北京医院内科苏联专家华格拉里克教授对这个病例所作的结论，他说："这是一个曾经危及生命的重病患者，现在已经有了极其明显的好转，而这个转折点是由于中医治疗的结果。"他说，"今后应该更多地信任中医，应该给予很好的条件，使他们能早期治疗，不要等到病人已十分危重时才找中医。"

……

在服中药后的第三天——九月一日上午，已经昏迷了五天的病人逐渐清醒，眼睛睁开了，头也可以转动了，并且能够简单地说话和回答别人对他的询问。此后，病人一天天地好起来。

在治疗过程中，各种重要的处理都是经过中西医互相研究以后进行的……又如对这种高烧和衰弱的病人，西医大夫极注意营养的供给；而中医大夫则认为病人在这种情况下，各种生理功能减退，消化和吸收能力极弱，强加鸡汤肉汤等含油多的食物，反而增加病人负担，主张给病人服用由几种鲜果和鲜草药压出来的汁水，这是一种清淡可口，营养丰富，容易消化的食物，又是一种清凉解热的药物，名叫"五汁饮"。西医大夫认为很好。……（北京医院 曾昭耆. 转危为安——记北京医院邀请中医治疗脑炎的一个病例 [N]. 人民日报 .1955.10.11）

悉心照料"胃肠"的姑娘们

许爷爷在毫无知觉的状态下能按时"吃上饭"，ICU 的护士们功不可没。ICU 的医生固然伟大且重要，但是制订喂养方案并开出营养医嘱，只是动动口、动下手指敲一敲电脑键盘的事，真正执行全靠美丽而善良的护士们。围绕着"胃肠"和"营养"，护士们有一整套的工作。

消化道的最上游是口腔。我们正常人每天早晚要各刷一次牙，而躺在 ICU、口中插着气管插管的许爷爷，每 6～8 个小时就需要由护士"刷一次牙"，专业术语叫"口腔护理"。气管插管插入口中非常痛苦，为了防止患者把气管插管咬瘪导致窒息，所有的插管都需要牙垫来固定，"牙垫"顾名思义，就是垫着牙，防止牙的咬合咬瘪气管插管，因此插管的病人口腔不能很好地闭合，加上不能经口进食，口腔里的微环境会发生显著的变化，致病菌会迅速繁殖，这些致病菌很容易通过气管插管和声门的缝隙，进入肺中引起肺炎。口腔护理便是为了防止肺炎出现。一位护士负责去掉胶布、牙垫、扶着气管插管以免脱出，另一位护士用镊子持棉球塞进口腔，擦洗牙齿、牙龈和舌头，擦干净后再用带有吸引孔的刷子刷牙，边用盐水注入口腔边刷边吸出来。一切都收拾干净了，再换新的胶布和纱布将牙垫和气管插管固定好。

　　ICU 的病人不能经口腔进食，要放置胃管通过胃管或者空肠管喂养。"下胃管"这项操作是由护士来完成的，放置完毕后需要判断位置。只需用听诊器放在剑突下的位置，从胃管注入一针管空气，通过听诊器听到"咕噜噜"的气过水声，就说明胃管已经顺利抵达胃中。而空肠管则用于胃液潴留严重难以解决或者胰腺炎患者，需要高超的手艺才能使管子顺利通过幽门、十二指肠，进入空肠。营养液是一袋一袋的，挂在床头的输液架上，连接上一根名字叫"营养泵管"的管子，在鼻饲泵的转动下，营养液就一点点地进入病人的胃中。我们正常人在进食过程中，如果吃到了胃肠不能耐受的食物，会感到不舒服，不舒服的感觉会阻止我们继续食用；但是像许爷爷一样的 ICU 患者，大多时候处在镇静镇痛的状态下，他们的胃肠"没有知觉"，或者他们无法用和常人一样的方式"知觉"，因此需要床边的护士格外细致地照料。护士们每隔 4 个小时暂停一下肠内营养的输注，然后使用注射器回抽胃内容物，若胃中潴留的液体每次都能抽出很多，说明患者的胃肠存在问题，需要寻找原因、解决问题。

胃肠罢工，难倒医生

　　ICU 病人最常见的胃液潴留的原因是严重的感染休克导致的胃肠功能障碍，重的则称为"胃肠功能衰竭"，除了胃液潴留，还伴随腹胀、肠鸣音消失、大便不通或者腹泻无度。对于平时有胃肠疾病、消化不良、便秘的病人，门诊可以处以促进胃肠动力的药物如莫沙必利一类、高渗通便的药物如乳果糖，或者消胀的药物如西甲硅油等，但是在ICU胃肠功能障碍的患者身上，这些药物几乎无效。重症医学界努力探索针对胃肠功能障碍的新药，于是大家回忆起具有强烈胃肠刺激副作用的老药——红霉素，取用红霉素的副作用来攻克胃肠功能障碍，经过许多随机对照研究，证实了它的疗效，红霉素便被指南所推荐。

　　红霉素的研究虽然显示了一定的疗效，但在中医看来这个方法并非优选。对于胃肠的治疗始终是中医的优势，在张仲景的《伤寒杂病论》中有一首方剂——大承气汤，专门针对重症感染患者的胃肠功能障碍。大承气汤由行气消胀的厚朴、枳实，咸寒导泻的芒硝和解毒泻下的大黄组成，借用西医西药的术语，厚朴和枳实是促进胃肠动力的，芒硝是高渗导泻的，大黄大抵可以看作红霉素。但是这4味药物组成的复方的疗效，绝非这4类西药叠加可以比拟。天津的普外科医生吴咸中对大承气汤进行了深入研究，用此方治疗了许多急腹症患者，使急腹症的治疗在急诊手术之外，又多了保守治疗这一途径，研究也由急腹症而引申至危重症患者的胃肠功能障碍，吴咸中先生也因大承气汤治疗外科急腹症和胃肠功能障碍的系列研究的卓越贡献，先后当选为中国工程院院士和"首届国医大师"。

ICU的病人有一副好胃肠，才能赢得最后的胜利

许爷爷是幸运的，他只经历了短暂的缺血缺氧后的胃肠功能障碍，随着ECMO辅助下的氧债偿还，许爷爷的胃肠功能很快恢复，用了一周时间就停掉了静脉营养，完全过渡到经胃管的肠内营养喂养状态。护士们每天都给予他灌肠辅助排便，许爷爷每次都能排出成形的粪便，这些都证明许爷爷的胃肠功能是正常的。

我们在前文说了，胃肠默默负重前行、从不张扬，总被率先"弃车保帅"，但是神奇的世界总是充满了正反两面。在危重症患者中，没有良好的胃肠功能则很难存活。在ICU领域经过大量的临床实践发现，人体的消化器官在危重病中是最重要的一个器官，业内甚至流传有"危重病人，得脾胃者得天下"的说法，说这句话这位医家可与金元时期写下《脾胃论》的医学家李东垣齐名了。

如果按照"得脾胃者得天下"的说法，许爷爷最终能跑赢这场"抢救接力赛"，与他强大的胃肠功能密不可分。

杀不完的病菌

细菌有坏处也有好处

在许爷爷走向"新生"的旅程中,他体内的微生物也在发生着变化。我们之前提到过 ECMO 最常见的两大并发症,是出血和感染。感染是医学始终要面临的棘手的问题,感染是由微生物侵袭人体而引起的。从"微生物"这个名字就可以知道,它们是肉眼看不见而又实际存在的一类微小的生命体。

人类与微生物之间很早就发生了关系,商朝已出现的酿酒技术便是人类对于微生物的利用。微生物可以造福于人,也可以使人患病。从东汉末年张仲景的《伤寒杂病论》,到明末吴又可的《温疫论》,再到清朝中叶吴鞠通的《温病条辨》,都是在与微生物导致的感染性疾病对抗。抗菌素的发明使得细菌导致的感染性疾病不再那么可怕,但细菌只是微生物中的一类,人类与微生物的博弈却还远没有分出胜负。古代希望长生的人,发明了很多方法给尸体防腐,当时的"医学科学"认为人死后身体会腐化是因为体内有"虫子",生前服用水银以造就不坏之身,也算是人类与微生物搏斗的壮烈事迹了。

抵抗力下降，是发生感染的根本原因

"物必先腐，而后生虫"，微生物不会平白无故地侵袭人体导致感染性疾病，感染性疾病的发生，一定存在机体的"正气"低下状态。假如许爷爷在动脉瘤术后没有发生室颤，苏醒几个小时后就能拔除气管插管转回血管外科，那么他很快就可以下地活动正常进食，也就不会有严重感染的发生。但是，许爷爷发生了后来的一系列的变化，他一直用呼吸机开放气道，他的血管里放置着 ECMO 引血管路、输液的深静脉管路，他被药物镇静不能活动，咳痰能力也随之减弱……这些都使身体原有的屏障功能破坏，处于易感状态。

ICU 的角落里、设备上，都可能存在着各种各样的细菌，这些细菌基本都经过了抗菌药的筛选，它们对常用的药物产生了耐药性，不再惧怕抗生素。曾经一度流行过"超级细菌"的说法，就是指对现有抗菌药均耐药的细菌，这些细菌虽然长得各不相同，但它们都有一个特点——致病力很弱，正常的人即使接触到了它们也不会发病。对于许爷爷这样躺在 ICU 的病人，经历过危重病的打击，"正气"已经非常低下，很容易被它们侵袭。一旦出现耐药菌感染，危重病人的救治难度会明显增加。

把病人"装在套子里"——隔绝细菌感染的努力

为了更好避免病人在 ICU 内发生感染，医生和护士们想出来很多对策保护病人，这让我想起来著名的作家，也是医生的契诃夫写过的一篇小说《装在套子里的人》，小说中说：

他只要出门，哪怕天气很好，也总要穿上套鞋，带着雨伞，而且一定穿上暖和的棉大衣。他的伞装在套子里，怀表装在灰色的鹿皮套子里，有时他掏出小折刀削铅笔，那把刀也装在一个小套子里。就是他的脸似乎也装在套子里，因为他总是把脸藏在竖起的衣领里。他戴墨镜，穿绒衣，耳朵里塞着棉花，每当他坐上马车，一定吩咐车夫支起车篷。总而言之，这个人永远有一种难以克制的愿望——把自己包在壳里，给自己做一个所谓的套子，使他可以与世隔绝，不受外界的影响。

ICU 也是采用了类似于小说中的方法对付致病微生物。对于已经出现了耐药菌感染的病人，会把他安放在独立的病房里，这个独立的房子就是一个"套子"，细菌不会自己爬出"套子"来，它需要借助医生护士的手和一些共用的物品才能"钻出套子"。为了防止病菌出来，进去查看患者的医护人员也要戴上帽子、穿上隔离衣、戴上手套，把自己变成"装在套子里的人"，出来时再把这层"套子"脱去。特别虚弱、容易罹患耐药菌感染的病人，也会采用同样的"装在套子里"的方法，只不过这时是为了防止细菌钻进"套子"里去。

许爷爷就是需要装进"套子"里的人，看护他的医护人员都会注意消毒双手，避免将病菌带给他。

开始杀菌治疗

在 ECMO 治疗一夜之后，第二天他所有的感染指标出现了明显的上升，白细胞计数、C-反应蛋白、降钙素原、白介素-6 都超过了正常上限数倍，如果再有发烧症状，就很明确是出现感染了。但是许爷爷的体温始终维持在 37℃，护士每几个小时标记一次的体温曲线已经化成了一道直线，已经无法通过是否发热来鉴别有无感染了。这是因为 ECMO 有一个给血液保温的水箱，水箱的温度设定在 37℃，1～2 分钟之内人体所有的血液都要流经 ECMO 管路，如果没有保温措施，人很快会因失温引起一系列危及生命的并发症。因为 ECMO 和水箱的干扰，体温这个指标已经不太好用了。

许爷爷感染指标的升高也许只是应激状态导致的，ECMO 管路和血液的接触也会促成短暂的炎性反应——这是一种被广泛接受的假说。但是为了稳妥起见，还是抽取了许爷爷数毫升的静脉血，放进加有肉汤的专用试剂瓶中，进行细菌的培养；同时还加上了万古霉素，这个药物可以治疗阳性球菌的感染，根据医学界的治疗经验，管路放置在血管内，最容易发生的微生物感染即阳性球菌的感染。

革兰氏阳性球菌，被简称为"阳球"，与它对应的是革兰氏阴性杆菌，被临床医生简称为"阴杆"。细菌本无阴阳，只是研究它的人给它们定义了阴阳。

　　1884年，丹麦医生汉斯·克里斯蒂安·革兰发明了一种细菌的鉴别方法，它利用细菌细胞壁上的生物化学性质不同，遇染色剂有不同的染色变化这一现象，来鉴别肺炎球菌与肺炎克雷伯菌，后来这一方法被推广为鉴别细菌种类的重要方法之一。随着对细菌致病特点的认识不断深入，发现细菌分阴阳，不只是能否染色那么简单。中医学的阴阳学说中提到，凡是剧烈运动着的、外向的、上升的、温热的、明亮的，都属于阳；相对静止着的、内守的、下降的、寒冷的、晦暗的，都属于阴。以天地而言，天气轻清为阳，地气重浊为阴；以水火而言，水性寒而润下属阴，火性热而炎上属阳。阴性菌和阳性菌也有类似的致病规律，阳性菌致病力强，发病迅速，外在的症状剧烈，红肿热痛明显，炎症指标升高非常明显，治疗见效也非常迅速；阴性菌相对来说，外显的症状相对缓和，但容易"内陷"引起脏器损伤，病程比较长，容易耐药，治疗比较困难。针对"阳球"和"阴杆"，治疗用药有所区别，因此在使用抗感染药物时，除了要确定感染的部位，还要明确感染的是哪种类型的细菌。

　　在急诊重症领域曾流行过"重拳出击"的治疗理念，对于像许爷爷这种濒危的患者，会使用多种高级的抗菌药物，覆盖所有可能的致病菌，比如要覆盖革兰氏阳性球菌、革兰氏阴性杆菌、真菌；然后随着病原学培养结果的陆续回报，根据药物培养的敏感结果，开始调整抗菌药物，降级到级别较低的敏感药物，俗称"降阶梯治疗"。但这个理念已经被逐渐淘汰了，医学的快速发展使得 ICU 医生在应对疾病时更加精准、更加从容不迫。

用上了药，不代表就达到了效果

"不监测，无治疗。"如果不去监测血药浓度，那么给许爷爷使用万古霉素只是一件很简单的事情。但是一旦监测，却发现事情变得难了起来。西药有详细的说明书和剂量推荐，按照推荐剂量使用后，监测到许爷爷的万古霉素的血药浓度严重超标，剂量减到了一天一支，仍然超标，实在颠覆了我们的认知。最终不得不更换为达托霉素。按理说，重症病人与健康人完全不一样，因为病变而导致的脏器功能障碍，使药物的代谢不能像成人一样快速；而水肿和液体的输注，毛细血管的渗漏，使得药物分布体积明显增加，浓度相对降低；许爷爷还使用着 ECMO 和 CRRT，ECMO 的管路和 CRRT 的管路均会对药物产生一定的吸附作用，CRRT 还能清除万古霉素这种水溶性的药物。这些均会使标准剂量万古霉素的血药浓度降低。但事实却正好相反。如果我们细细研读西医学的发展史，就不会再觉得这个问题奇怪，西方现代医学的诞生，并不是我们想象的那样直接借助科技力量实现从无到有的飞跃，伴随着科技复兴而来的医学思考争论延续了四百多年，医学到底应该更加保持"以人为本"的个体化本色，还是要借助数学、数据，插上科学的翅膀振翅飞翔？最终后者占据了上风，将概率引入医学，弱化个体差异而强调共性成了主流，由此医学问题可以被转换成数学问题，进行科学的处理。就如万古霉素的标准剂量和浓度，是通过大样本观察测算得来的，如果具体到每一个活生生的个体之中，它一定是千差万别的。医学有一定的科学属性，但医学一定不等同于科学。

曲曲折折，终于战胜病菌

不知是药物起效了，还是炎症反应结束了，总之在许爷爷上ECMO三天之后，所有感染指标都已经正常了。总算没有被微生物攻陷。但在危重病人的体内，微生物与人体的斗争是时刻都在进行的，一拨感染被控制以后，还会有新的感染出现。ECMO治疗第五天时，在许爷爷的痰里检测出了白色假丝酵母菌。这种菌又叫作白色念珠菌，是一种通常存在于正常人口腔、上呼吸道、肠道及阴道的真菌，在正常的健康人体中数量少，不引起疾病。仅凭这样一个痰的检验结果，并不足以说明许爷爷存在真菌的感染。但是有的情况下，这些原来不致病的菌也会引起疾病，比如在机体的免疫功能下降时，常见于患有免疫疾病、长期使用免疫抑制剂的患者，放化疗导致免疫低下的患者；另一种情况是正常菌群相互制约作用失调，抗菌药物的使用会抑制细菌生长，改变身体局部的微生态，当原有的优势菌种被抑制以后，其他菌株便会加速繁殖，菌量足够大时便会侵袭人体出现新的感染。

我们之前提到的"口腔护理"为什么重要呢？对于正常人，不刷牙可能只是从心理的层面上，有些轻微的不适，但对于 ICU 的气管插管病人，如果没有口腔护理，生命可能是另一个结局。口腔护理可以保持口腔清洁，减少口腔菌群的紊乱，尽可能地减少口腔的致病菌进入气道引起肺炎。本来我们的口腔和气道是有完整的屏障的，内部还有正常的菌群，一般不容易发生某种微生物滋生而致病的情况；而插管后口腔不能闭合，口腔内环境随之改变，声门也因为插着管子而不能闭合，口腔里滋生的微生物，如白色念珠菌等很容易进入肺中，引起肺部的感染。从许爷爷的痰培养结果来看，白色念珠菌已经进入了肺里，只是暂时还没有发病。

ECMO 治疗的第七天，许爷爷原本正常的白细胞再次升高，C-反应蛋白也开始增高，提示有新的感染出现了，首先考虑是否之前检测到的白色念珠菌开始导致了肺的病变。为了找到更多的证据，再次留取了痰培养，查了血的 G 试验——一种针对真菌的细胞壁成分进行的检测。检测结果在数小时之后便出来了，已经高于正常值 4 倍，说明真的存在侵袭性真菌感染了，开始使用卡泊芬净。卡泊芬净使用三天之后，许爷爷的感染指标再次恢复了正常。此时，许爷爷已经脱离了 ECMO，日渐好转了。

从第七天的治疗来看，抗真菌的治疗起了关键的作用。但若究其实质，还是许爷爷的正气尚未衰败，他还有足够强大的免疫功能储备，可以有序地完成与微生物的作战。这也是他能最终脱离 ECMO，活着离开 ICU 的关键。毕竟打败身体的从来不是那一撮微生物，而是人体内部乱了阵脚。大明王朝末年，国库空虚、民不聊生，这像极了一个生命垂危的患者，原本相安无事的外族就像微生物一样开始入侵宗主之国，即使有一支袁崇焕带领的劲旅像特效抗生素一样，暂时击退了皇太极的进攻，但这一战远远不能改变社稷崩塌的局面。

拔管后，我想听你骂一句脏话

撤离 ECMO——心脏，挺住

在许爷爷的心包填塞危机解除之后，再次进入 ECMO 脱机流程。这次流量撤减得非常顺利，用了 20 多个小时，最终将流量减到了 1.5L/分钟，这是 ECMO 所能接受的最小流量了，这个流量不能持续超过半小时，否则会出现凝血，血栓形成。这半个小时之内我们密切地监测着许爷爷的生命体征，万幸的是他的血压和心率都是平稳如旧。我们期待的 ECMO 撤离终于可以实现了。

无影灯下，医生们再次全副武装，无菌的手术衣、手套、帽子、口罩，将医生的身体包裹了起来，只留出眼睛的位置。深绿色的手术铺巾覆盖了许爷爷整个病床，左侧腹股沟区域从巾洞中暴露出来。一双灵巧的外科之手，拆开缝线，打开将要愈合的肌层，最终许爷爷的左侧股静脉和股动脉暴露了出来。恍惚之间，仿佛回到了 10 天之前抢救的场景。然而，彼时的嘈杂和紧迫已经没有了踪影，今天的一切都是自如的、游刃有余的。

撤掉心脏的最后一根"拐棍"

撤离了 ECMO 之后许爷爷的心脏就失去了强有力的支撑，好在还有 IABP 的持续工作，它就像心脏的一根拐杖，帮助着孱弱的心脏迈出艰难的每一步。

ICU 的医生和护士们面对着的是脆弱的生命，他们要像看护一个婴儿一样悉心照料，他们夜以继日地守护在床旁，直到这个"婴儿"慢慢长大，学会自我生存。在这个过程中既不允许疏忽，也不提倡溺爱，既要能对治疗做好"加法"，也要敢对治疗做好"减法"，一旦这个"孩子"具备了一丁点儿自我生存的能力，就要学会逐渐放手，让他在跌跌撞撞中前行。

许爷爷在呼吸机、CRRT、IABP 的三重支持之下，平安地度过了撤离 ECMO 之后的前两个夜晚。撤离 ECMO 的第三天下午，拔除了 IABP，从此，许爷爷的心脏就要独立承担全身的射血功能了。许爷爷没有让我们失望，他在撤离 IABP 的那个晚上仍然平安地走了过来。他距离生还又近了一步。

拔除气管插管

一个始终萦绕着家属和医生的问题浮现了出来，这个问题到了我们不得不面对的时刻了，它就是：许爷爷到底能不能醒来？

那是一个阳光明媚的早晨，7月的骄阳从窗户投射进来，洒满了许爷爷的病床。我们满怀期待地开始撤减镇静药物。时间一分一秒地过去，我们越等越觉得焦急。太阳转过了窗户，病房里又暗淡了下来，而此刻许爷爷终于缓缓地睁开了眼睛。

一切又仿佛回到14天前的那个上午，我看着他凝视的双眼，再次呼唤了他的名字，他微微转睛看向了我。这一轻轻的回眸，使我心潮澎湃，我可以确信他真的清醒了。

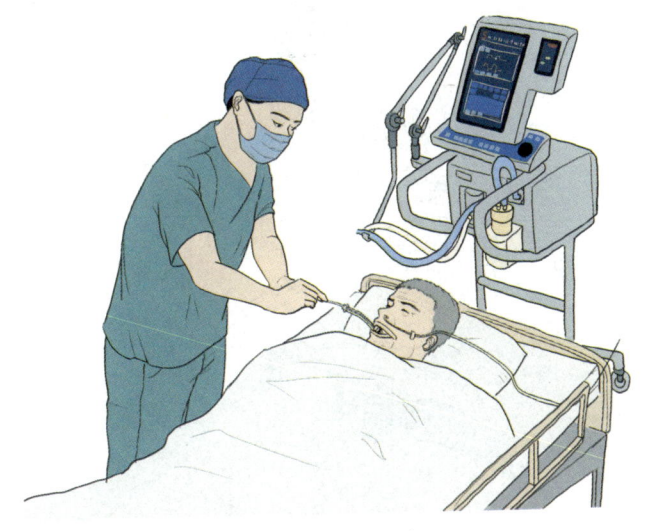

护士在给许爷爷吸痰

再次回到14天前的脱机流程，判断指令运动、评估肌肉力量、翻身拍背吸痰，断开呼吸机进行脱机训练。一切准备就绪之后，我要准备拔除他口中的气管插管了。我曾经帮无数的病人拔除过气管插管，但从来没有一次像今天这样感到无比的神圣。这份神圣，源自对生命奇迹的敬畏！

　　我最不希望看到的是拔除插管后不会说话的许爷爷，我特别希望拔管的刹那他可以骂一句脏话，宣泄一下这 14 天的憋屈不适！当护士最后一次将吸痰管送入气管插管，深入到许爷爷肺部，吸干净了可能存积的痰液之后，我怀着忐忑的心情，拔出了在他喉中插了 14 天的气管插管。

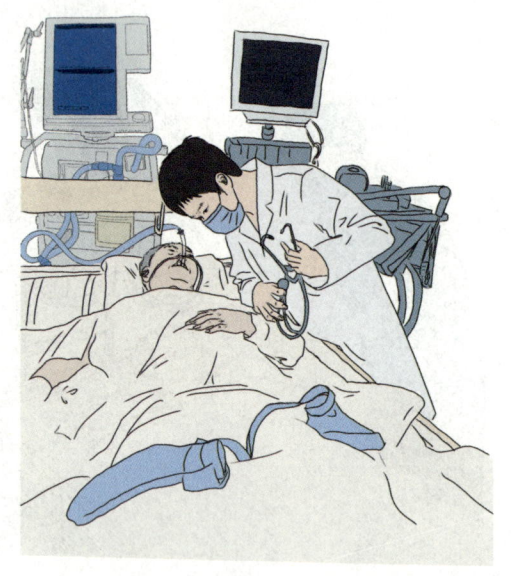

我克制激动的心情，再次为许爷爷检查

　　"总算能说话了！"

　　这是他在被迫静默了 14 天之后，向着这苍茫天地说出的第一句话，声音沙哑而平淡。

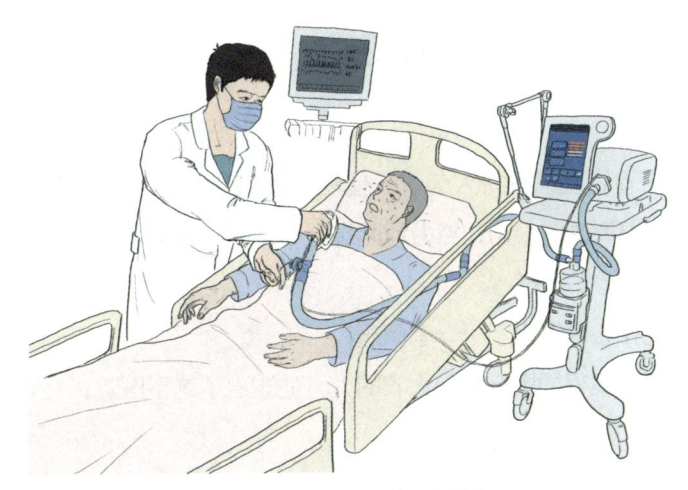

拔除气管插管后第一次说话

我多么想和他促膝长谈一宿，给他讲讲这 14 天的生命历程，但是我以一个医生的理性克制了自己，我知道他此刻最需要的是休息，而不是共情。

我紧紧地握着他的手，呼唤了他的名字，把心中所有的激动都化作了一句简短的感叹："你可算活过来了，真不容易啊！"

他咧了咧嘴，露出一丝苦笑，算作对我的回应。

至此，用来挽回许爷爷的那些高大上的设备都被一一撤去，它们再次回归到了属于它们的仓库之中，变回了无情之物。是啊，无论它们被宣传得多么神奇，它们的本质只不过是一台台冰冷的机器，只有经过患者的鲜血和医护的双手，才能变得温暖、炽热，才能化作一股股强劲的生命动力，使在生死边缘游走的患者获得重生。

病人疯了

许爷爷或许睡得太久了,他现在没有丝毫睡意。他默默地观察着周围的一切,努力地回想着"昨天"发生的事情。

"这是哪儿?"

他在心底冒出了第一个问题。

通过观察周围穿着白大衣的人,他知道了这是医院。

"我怎么会躺在这里?"

"我发生了什么事情?"

这些问题萦绕在他的脑海里,他始终没有想出答案来。

在给许爷爷进行心肺复苏那天,他是没有意识的,他的大脑已经严重缺氧,瞳孔也已散大及边。抢救成功之后,他一直处在镇静状态,咪达唑仑的顺行性遗忘效应,使他对于这段惊心动魄的住院经历,没有形成任何记忆。他本来完整的生活,突然出现了一段空白,不能再像以前一样,连成一个完整的记忆链条。

他开始迷失了自我,他谵妄了。这是医生视角下的观察。但对于许爷爷而言,他有自己的评判体系,他模模糊糊地想起来自己读过的奥威尔的《一九八四》,他开始怀疑自己的大脑,被装入了控制系统,怀疑自己的思想被人为控制了。

许爷爷开始由心灵上的迷失转换为语言上的亢奋和行动上的过激,他的心率开始增快。胜利的成果来之不易,不能因为谵妄而毁于一旦。必须要对他进行药物干预了,我开始给他使用一种疗效很弱，但能诱导正常睡眠的镇静药物。药液一点一点地输注进他的血管，他逐渐变得安静下来。

对于许爷爷的这个反常，《流感下的北京中年》有一段绘声绘色的描写：

夫人说岳父的弟弟、妹妹下午去ICU探视时，明显感到岳父情绪激动，努力眨眼睛想要和他们说话。监控当即显示心跳加快、呼吸频率飙升，医生赶忙加大镇静剂量，并让亲属离开病房。

我非常诧异，岳父是有知觉的？他镇静后不是应该没知觉吗？

夫人说："你不知道C病房的事？把大家都吓坏了。"

C病房上了人工肺之后效果不错，肺部有明显恢复。医生决定"拔管"（把"插管"时深入肺部的呼吸管拔出），同时用人工肺支撑氧气供给。

拔管后，病人就可以说话了。一见到亲人，病人就哭诉：开始以为是做了噩梦，后来发现比噩梦还可怕。

因为是真的！

病人虽然被镇静了，但什么都知道。

知道各种粗细的管子从不同部位插到自己身体里，知道血液在流出，知道是外面的机器在供氧，知道机器、血液有各种问题，医护人员忙来忙去在救她。

她一个人躺在病床上，知道自己在生命边缘，想喊喊不出，想动动不了。她已经失去了对自己的控制，只能一分钟一分钟地熬。好不容易熬到拔了管，她滔滔不绝讲了好久，把他丈夫骂得狗血淋头，让他躺在床上来试试。

因为太激动了，呼吸频率上升，各项指标恶化。医生加大了镇静剂量，然后又给她"插管"。

C病房的家属在ICU外面讨论这些事，旁边"明星护工"大姐见怪不怪："正常。很多病人出院后，都会打家人。因为实在是太痛苦了！！"

而且病人认为：承受这种痛苦不是自己决定的，而是家人决定的。要是让自己决定，宁可死也不受这罪！

听完我感到非常内疚。在决定是否上人工肺时，我没有考虑病人的痛苦！

我以为病人是毫无知觉的，医生也从未和我们提过病人会有感知。

我这时候，才理解昨天专家讲座视频里，大夫们频频提及的"谵妄"，意思是病人幻视幻听，严重的大脑皮质功能出现障碍。

本书中反复提到的ICU中使用的一种镇静药——咪达唑仑，它的疗效之一便是"顺行性遗忘"，用上这个药后病人记不起来生病的痛苦过程。但为何会出现《流感下的北京中年》的这些离奇描述？因为在ICU的病人，度过了最危险的几天之后，每天都会有一段时间，需要常规减停镇静药物，让病人有所觉醒，恢复咳嗽反射，评估病人的意识和肢体活动情况，达到医疗评估目的之后，再给病人镇静，而且镇静的程度是有要求的，目前多提倡浅镇静——即达到病人能配合治疗、能缓解病情的最小镇静用药剂量。

谵妄是 ICU 患者最常见的并发症，存在以下情况的患者最容易发生：年龄＞65 岁、大的手术创伤、住 ICU 时间超过 14 天、呼吸机使用＞7 天、长时间使用镇静药物。许爷爷所有因素都占了。谵妄的通俗解释就是"病人疯了"。有的患者身体恢复后活着从 ICU 走了出去，但却遗留下了精神的异常。谵妄有时会伴随患者数月，尤其是生活还不能完全自理的人，这类人群对于家庭也会造成极大的负担。

我曾经治疗过一例单肺通气的老先生，他因为剩下的那侧肺发生了肺炎，导致了Ⅱ型呼吸衰竭，在 ICU 住了 1 个月，最后脱离了呼吸机，但需要使用经鼻高流量吸氧来维持氧合。一到了晚上，老先生彻夜无法入睡，不认识亲人，频繁诉腹痛、憋气。每天晚上需要有家人整夜看护，日复一日。而且他们求治无门。老先生的病痛并不致命，所以 ICU 是不会收治的，而其他任何一个普通科室，也不会收治，因为老先生还存在着轻度的呼吸衰竭，还需要持续经鼻高流量氧疗。几经辗转，老先生的家人联系到了我，通过使用安宫牛黄丸、牛黄清心丸，以及理气活血安神的中药，治疗 1 个月才慢慢恢复了正常，因此，ICU 门诊的建立是非常必要的。

再见了，ICU

　　7月24日的下午，许爷爷的子女们再次来到ICU门前，排队等候探视。他们已经记不清楚这是第多少次进入ICU了。这十几天来，他们每次都是满怀着"奇迹发生"的期待而来，最终带着失落而归。他们的心灵已经有些麻木了。

　　这次仍是儿子第一个进去探视。当他迈着沉重的脚步来到玻璃窗前时，眼前的一切使他喜极而泣，他看到了"活着"的父亲：许爷爷瞪着大大的眼睛，听从护士的指引，将目光聚集在电视屏幕之上。电视的画面里出现了一个隐约觉得熟悉的身影，这时听筒那头传来了熟悉的声音：

　　"爸爸，您终于好起来了，儿子来看您了，您受苦了！"

　　听到声音，许爷爷才恍然想起，电视里缩小的那个身影，

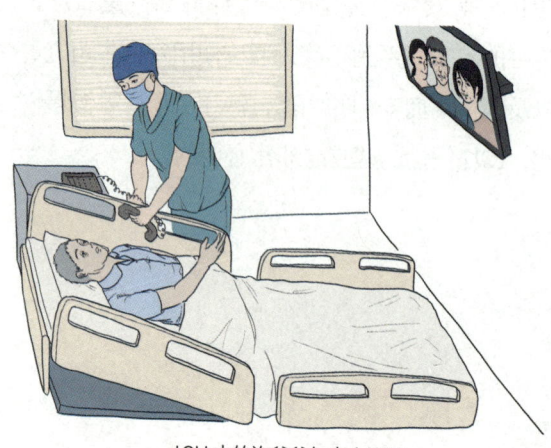

ICU中的许爷爷与家人通话

原来正是自己的儿子。

"唉,我听见了,我挺好的。"许爷爷努力地说出了第一句话,他的大脑还不是很灵活,他的嗓音还不太受控制。

"你们的妈妈还好吧?"许爷爷想起来,好久没有看到过老伴儿了。

儿子听到父亲的声音,更加确信刚才看到的"活着"的父亲,不是错觉,父亲真的活过来了。

"爸爸……爸爸,我妈,我妈她挺好的,您……您稍等啊,我这就打电话给她,你们说说话。"儿子激动得语不成句,手忙脚乱地掏出了手机拨通母亲的电话,拨通之后,那头传来了老伴儿熟悉的声音。从鬼门关里逃回来的许爷爷,仍旧没有丢掉军人的本色,他努力乐呵呵着,用嘶哑的嗓音,安抚着半个多月来担惊受怕的老伴儿。许爷爷活过来的消息,瞬间在他的亲友之间传了开来。

就这样通过药物建立规律的睡眠帮助许爷爷找回昼夜节律,通过亲人交流唤醒许爷爷的记忆,1周之后他逐渐恢复了正常。工作不忙的时候,我便搬把椅子过来坐在他的床头,听他讲讲他"这次死亡"之前的故事,而我则同他聊聊他生命中记忆缺失的14天。聊着聊着,便忘却了时间,忘却了地点,忘却了我是一名医生,他是一名患者。

8月1日,对于许爷爷来说,对于我们所有医护人员来说,这都是一个值得铭记的日子。

守护过许爷爷的医护人员们,一一来到床前与他握手话别,祝愿他早日康复。此时许爷爷病房的电视里,正在直播着朱日和基地大阅兵，在嘹亮的口号声中整齐的解放军队伍踏步而过，阅兵仪式使许爷爷的眼中充满了四射的光芒。军旅生涯，给许爷爷留下了永生的记忆，而他的生命也在这嘹亮的军号声中获得新生！

在大家的声声祝福之中，许爷爷走出了ICU病房，再次迎来洒满阳光的世界。